怪盗王子《かいとうおうじ》チューリッパ!

3 怪《かい》盗《とう》王《おう》の挑《ちょう》戦《せん》状《じょう》

如月かずさ 作　柴本 翔 絵

偕成社

もくじ

装丁＝山﨑理佐子

1

怪盗王子《かいとうおうじ》とあやしいかげ

きんいろの月《つき》が、あかるく空《そら》をてらす夜《よる》のことです。

まちのまんなかにある、大《おお》きな博物館《はくぶつかん》で、けたたましい警報《けいほう》がなりひびきました。館内《かんない》にくせものがしのびこんだことを知《し》らせる警《けい》報《ほう》です。

「せえのっ、怪盗《かいとう》ハンマ――ッ！」

巨大《きょだい》なハンマーでかべをこわして、そのくせものがとびだしてきました。怪盗《かいとう》マスクに黒《くろ》マント、あたまに小《ちい》さなかんむりをのせた、怪盗王子《かいとうおうじ》のリッパです。

リッパのうしろに、おつきのじいやもつづきます。じいやはタキシードすがたでほっかむりをして、博物館《はくぶつかん》からぬすんできた、ごうかな竜《りゅう》の彫刻《ちょうこく》をかついでいます。

リッパとじいやは、真夜中《まよなか》のまちを風《かぜ》のようにかけぬけていきます。そのとちゅう、リッパがじいやをふりかえっていいました。

「じいや、その彫刻《ちょうこく》、おもたかったらおれさまがもってやるぞ。むりしてまたギックリゴシ病《びょう》になったらたいへんだからな。」

「いえいえ、このていどはおもたいうちにはいりません。それよりもぼっちゃま、あちらをごらんくださいませ。」

じいやはそうこたえて、正面《しょうめん》をゆびさしました。

いつものように、「ぼっちゃまってよぶな!」ともんくをいってから、リッパはまえをむきます。するとおおぜいの警官《けいかん》がかべをつくって、リッパとじいやをまちかまえていました。

「ここはとおさんぞ、怪盗王子《かいとうおうじ》！」

「チチチッ、そんなとおせんぼで、この怪盗王子《かいとうおうじ》チューリッパさまがつかまえられるもんか！」

いせいよくこたえると、リッパは地面《じめん》をおもいきりけってジャン

プしました。トレードマークのチューリップがえがかれたマントをはためかせながら、三階《さんかい》だての家《いえ》のやねまで。

くるりとカッコよく宙《ちゅう》がえりをきめて、リッパはやねに着地《ちゃくち》します。じいやも彫刻《ちょうこく》をかついだまま、かるがるとんで、リッパのとなりにならびます。

それからリッパは、目《め》をまるくしている警官《けいかん》たちにあかんべえをすると、やねからやねへぴょんぴょんとんで、にげていってしまいました。

そんなリッパとじいやのすがたを、とおくからこっそりながめている男《おとこ》のかげがありました。男《おとこ》は時計台《とけいだい》の高《たか》いやねにこしかけて、ゆかいそうな笑《え》みをうかべています。

「……怪盗王子《かいとうおうじ》チューリッパか。おまえにそのなまえを名《な》のる資格《しかく》があるかどうか、オレさまがたしかめてやらないとな。」

そうつぶやいた男《おとこ》のあたまには、リッパのものよりもっとごうかなかんむりがのっているのでした。

2

とつぜんの大《だい》ニュース

アベル・カネスキーは、大金《おおがね》もちのカネスキー氏《し》のひとりむすこで、怪盗王子《かいとうおうじ》チューリッパの相棒《あいぼう》です。

アベルがリッパとであったのは、リッパがカネスキー家《け》の宝《たから》をぬすみにきたときのことでした。冒険《ぼうけん》ものがたりの本《ほん》をよむのがすきで、冒険《ぼうけん》にあこがれていたアベルは、リッパといっしょにおやしきの地《ち》下迷宮《かめいきゅう》や、魔女《まじょ》の城《しろ》を冒険《ぼうけん》して、ついにリッパに相棒《あいぼう》とよんでもらえるようになったのです。

アベルはリッパの相棒《あいぼう》として、もっとかつやくできるように、まいにち裏庭《うらにわ》で怪盗《かいとう》の修行《しゅぎょう》にはげんでいます。きょうはリッパもカネスキー家《け》のおやしきにやってきて、アベルの修行《しゅぎょう》につきあっていました。

「だ、だめ、こんなおもいのもてないよ……。」

リッパのハンマーをもちあげようとがんばりながら、アベルがへろへろな声《こえ》でうめきました。アベルの顔《かお》はもうまっかで、うでもぷるぷるふるえています。

「うーん、アベルはもっとパワーをつけなきゃだめだな。いいか、怪盗《かいとう》にとって、パワーはだいじなんだぞ。パワーがなかったら、あかないとびらもこわせないし、予告状《よこくじょう》をくっつけたチューリップを

なげるときも、くきがかべにささらなくてこまるだろ。」

ほら、こんなふうに、といって、リッパはふところからだしたチューリップの花《はな》をなげてみせました。チューリップはまっすぐにとんでいって、おやしきのかべにふかくつきささります。

そんな怪力《かいりき》の怪盗《かいとう》はリッパくらいだよ、とアベルは思《おも》いましたが、パワーがたりないのは、たしかにリッパのいうとおりです。

「ごめんね。せっかく修行《しゅぎょう》につきあってくれてるのに、ぼく、ぜんぜんだめだめで……。」

「気《き》にすんな。相棒《あいぼう》の修行《しゅぎょう》をてつだうのは、とうぜんだからな。」

リッパはニッとわらってみせます。相棒《あいぼう》という、そのことばのひびきに、アベルはうれしくなってにやけてしまいました。

「だけど、そうだな。いきなりハンマーはむりそうだから、まずは筋肉《きんにく》のトレーニングからにするか。じゃあアベル、てはじめに、うでたてふせ三百回《さんびゃっかい》だ!」

「う、うでたてふせ、三百回《さんびゃっかい》!?」

アベルがうろたえていると、ふいにおいしそうなにおいがただよってきました。じいやがやまもりのドーナツをのせたおさらを、裏庭《うらにわ》にはこんできたのです。

「おやしきのキッチンをおかりして、つくってまいりました。おふたりとも、そろそろひとやすみなさってはいかがでございましょう。」

「おっ、さすがだな、じいや! ちょうどおなかがへってきたところだったんだ。ア

ベル、ちょっと休憩《きゅうけい》だぞ！」
リッパが大好物《だいこうぶつ》のドーナツにとびつきます。アベルもほっとして、リッパのあとにつづきました。
じいやはカバンからとりだしたイスやテーブルを、てきぱきと裏《うら》庭《にわ》にならべていきます。そのイスにこしかけて、じいや特製《とくせい》のおいしいドーナツを食《た》べながら、アベルはリッパにいいました。
「リッパはやっぱりすごいね。あんなおもたいハンマーを、かるがるふりまわしちゃうんだから。」

「チチチッ、おどろくほどのことじゃないだろ。おれさまは怪盗王《かいとうおう》チューリッヒのむすこなんだぞ。そのくらいできてあたりまえだ。」

リッパはほこらしげにこたえます。

リッパの父親《ちちおや》は、世界《せかい》でいちばんゆうめいな大怪盗《だいかいとう》なのです。よわい人《ひと》やまずしい人《ひと》をたすけ、悪人《あくにん》からしか宝《たから》をぬすまない、正義《せいぎ》の大怪盗《だいかいとう》。アベルも怪盗王《かいとうおう》のことはだいすきで、怪盗王《かいとうおう》の冒険《ぼうけん》をえがいた本《ほん》は、のこらずよんでいます。

「だけど、おれさまより父《とう》さまのほうが、もっとすごいんだぞ。父《とう》さまはとんでもなくかたい鋼鉄《こうてつ》のとびらだって、パンチひとつでこわせちゃうんだからな。おれさまはまだ、ハンマーをつかわないとむりだ。」

「そ、そんなに怪力《かいりき》だったの、怪盗王《かいとうおう》って……。」

アベルがよんだ本《ほん》には、そんなこと書《か》いてありませんでしたが、怪盗王《かいとうおう》のむすこがそういうのですから、まちがいはないのでしょう。

りょう手《て》にもったドーナツを、かわりばんこにもぐもぐしながら、リッパはつけたします。

「まあ、つぎに父《とう》さまとあうときまでには、おれさまも鋼鉄《こうてつ》のとびらくらい、パンチでこわせるようになってるつもりだけどな。りっぱな怪盗《かいとう》になったおれさまのすがたを見《み》せて、父《とう》さまをびっくりさせてやるんだ。」
そのことばをきいたアベルは、ドーナツを食《た》べる手《て》をとめて、リッパの顔《かお》を見《み》

つめました。

怪盗王《かいとうおう》は三年《さんねん》まえ、世界最高《せかいさいこう》の宝《たから》を手《て》にいれる冒険《ぼうけん》にでかけたきり、ゆくえがわからなくなったままです。そのため、怪盗王《かいとうおう》はもうこの世《よ》にはいないのではないか、ともいわれています。ですがリッパは、父親《ちちおや》が生《い》きていることを、かたくしんじているのです。

（ほんとうに生《い》きてるなら、ぼくも怪盗王《かいとうおう》にあってみたいな……。）

アベルがそうかんがえていると、じいやが「ぼっちゃま、そろそろれいの番組《ばんぐみ》のお時間《じかん》でございます」といって、テーブルにラジオをおきました。

「リッパ、れいの番組《ばんぐみ》って？」

「ああ、ラジオでこれまでのおれさまの怪盗《かいとう》しごとをふりかえる、とくべつ番組《ばんぐみ》をやるらしいんだ。なんといっても、おれさまは世間《せけん》

で大人気《だいにんき》の怪盗王子《かいとうおうじ》だから
な。」
　リッパはごきげんにラジオをつけます。ところがラジオからながれてきたのは、とつぜんのニュースをつたえるあわてた声《こえ》でした。
『たったいま、たいへんなニュースがとびこんできました！　宝石《ほうせき》の収集家《しゅうしゅうか》として知《し》られる、キンピカノフ氏《し》の家《いえ》に、怪盗王《かいとうおう》チューリッヒからの予告状《よこくじょう》がとどいたとのことです！』

「なっ、父《とう》さまからの予告状《よこくじょう》だって⁉」

リッパがラジオにむかってさけびます。しんじられないニュースに、アベルもハッと息《いき》をのんで、テーブルのラジオを見《み》つめました。

3

スーパーチューリップ号《ごう》

ラジオの声《こえ》が、こうふんしたようすでつづけます。

『怪盗王《かいとうおう》の予告状《よこくじょう》には、こんや、キンピカノフ氏《し》のおやしきから、宝石《ほうせき》テントウという宝《たから》をぬすみだすと書《か》いてあったそうです。怪盗《かいとう》王子《おうじ》ではありません、怪盗王《かいとうおう》の予《よ》告状《こくじょう》です。怪盗王《かいとうおう》チューリッヒは生《い》きていたのです！』

それをきいたリッパが、「宝石《ほうせき》テントウ？」とつぶやきました。

「なんかきいたことあるな。アベ

ル、おまえ知《し》ってるか？」

「うん、宝石《ほうせき》テントウは、生《い》きている宝石《ほうせき》ともよばれてる、命《いのち》のやどったテントウムシ型《がた》の宝石《ほうせき》だよ。わるものにつかまってカゴにとじこめられていたのを、怪盗王《かいとうおう》がぬすみだして自由《じゆう》にしてあげたって、本《ほん》には書《か》いてあったんだけど、そのあとでまたつかまえられちゃったのかな……。」

アベルはリッパにせつめいします。

「それと、予告状《よこくじょう》をうけとったキンピカノフさんって、たぶんぼくの父《とう》さんのともだちだと思《おも》う。ぼくもずっとまえに、この人《ひと》のおやしきで、宝石《ほうせき》のコレクションを見《み》せてもらったことがあるよ。」

ラジオのはなしによると、予告状《よこくじょう》はこれまでに怪盗王《かいとうおう》からおくられてきたものと、デザインも文字《もじ》もそっくりだったといいます。

アベルが「ほんとうにほんものだと思《おも》う？」とたずねようとしていると、リッパはのこりのドーナツを、あっというまにたいらげていいました。

「わるい、アベル。修行《しゅぎょう》のつづきはまたこんどな。」

「まさかリッパ、これからキンピカノフさんの家《いえ》にいくつもりなの？　怪盗王《かいとうおう》にあいに？」

リッパは「ああ」とうなずいて、ゆびぶえをふきならしました。

すると、おやしきの外《そと》にとめてあったからくり木馬《もくば》が、へいをとびこえてアベルたちのところにかけてきます。

からくり木馬《もくば》は、怪盗王《かいとうおう》も愛用《あいよう》していた、機械《きかい》じかけの高性能《こうせいのう》な木馬《もくば》です。まぼろし城《じょう》の冒険《ぼうけん》でのったときから、リッパはこの木馬《もくば》を気《き》にいっていて、きょうもこれにのってカネスキー家《け》のおやしき

までやってきたのでした。
　リッパがからくり木馬《もくば》のせなかにとびのります。アベルはそっちとおやしきとを、かわるがわる見《み》くらべてから、心《こころ》をきめてリッパをよびとめました。
「まって、ぼくもいっしょにいきたい！」
「いっしょにいくのはかまわないけど、夜《よる》までにはかえってこられないぞ。おまえの父《とう》さまが、またしんぱいして大《おお》さわぎするんじゃないか？」

「父《とう》さんはあさってまでかえってこないから、たぶんだいじょうぶだよ。ぼくもほんものの怪盗王《かいとうおう》にあってみたいんだ！」

アベルのけんめいなおねがいに、リッパは「わかったぞ」と、えがおでこたえると、アベルの手《て》をひいて、木馬《もくば》のせなかにのせました。じいやもすばやくイスやテーブルをかたづけて、アベルのうしろにすわります。

そこでちょうど裏庭《うらにわ》にやってきた、おやしきのメイドさんたちが、木馬《もくば》にのったアベルを見《み》て目《め》をまるくしました。

「アベルさま、いったいなにを……。」

「ごめん！　なるべく早《はや》くかえるから、父《とう》さんにはないしょにしておいて！」

おろおろしているメイドさんたちを庭《にわ》にのこして、からくり木馬《もくば》はおやしきの外《そと》にとびだしました。

木馬《もくば》は道《みち》のない森《もり》のなかを、猛《もう》スピードで走《はし》っていきます。はげしい風《かぜ》の音《おと》にかきけされないように、アベルは大声《おおごえ》でリッパにたずねました。

「ねえ、キンピカノフさんのおやしきって、かなりとおかったはずだけど、そこまでこの木馬《もくば》でいくの？」

「いや、おれさまのかくれがにのっていくことにするぞ。あんまりとおくまで走《はし》らせると、木馬《もくば》がつかれちゃうからな。」

かくれがにのっていく、とはどういうことでしょう。アベルがふしぎに思《おも》っていると、森《もり》がとぎれて、広《ひろ》い海《うみ》が見《み》えました。目《め》のまえのはまべには、大《おお》きな船《ふね》がとまっています。その船《ふね》にチューリッ

プのかざりがついているのをみつけて、アベルはあっ、と気《き》がつきました。

からくり木馬《もくば》は船《ふね》のかんぱんにとびのってとまりました。おそるおそるかんぱんにおりてから、アベルはリッパにきいてみました。

「この船《ふね》が、リッパのかくれがなの？」

「ああ、だけどおどろくのはまだ早《はや》いぞ。じいや、発進《はっしん》だ。」

「かしこまりました、ぼっちゃま。」

じいやはそうこたえて、くるくるまわる船《ふね》のハンドルの、まんなかのボタンをおしました。

するとかんぱんのあちこちから、チューリップ型《がた》のふうせんが、たくさんとびだしてきました。そのふうせんが、みるみるうちに大《おお》きくふくらんだかと思《おも》うと、船《ふね》はふうせんにひっぱられて、ふわりと海《うみ》からうかびあがります。

アベルはびっくりしすぎて声《こえ》をだすこともできません。アベルがぽかんとしているうちに、船《ふね》はどんどん空《そら》へとのぼっていきます。

「どうだアベル、これがおれさまの空《そら》とぶかくれが、スーパーチューリッパ号《ごう》だ！　すごいだろ、びっくりしたろ？」

リッパのことばに、アベルがなんどもうなずくと、リッパはえっへんとむねをはりました。

空《そら》とぶ船《ふね》は雲《くも》をつきぬけると、うしろのプロペラをまわしてすすみはじめました。アベルはふつうの飛行船《ひこうせん》にものったことがありますが、それとはだんちがいのスピードです。船《ふね》からおっこちないように、アベルはかんぱんのはしらにしがみつきます。

地図《ちず》をたしかめていたじいやに、リッパがたずねました。

「じいや、父《とう》さまの予告状《よこくじょう》がとどいた、なんとかノフってやつのおやしきの場所《ばしょ》はわかったか？」

「はい、いそげば夜《よる》までにまにあうのではないかと。」

「たのんだぞ。ついたらもう父《とう》さまが宝《たから》をぬすんだあとだった、なんていやだからな。」

じいやは「かしこまりました」とこたえて、船《ふね》のハンドルをまわ

しました。
太陽《たいよう》はゆっくりとしずみはじめていて、空《そら》と海《うみ》とのさかい目《め》は、すこしずつ赤《あか》らんできています。アベルがそのうつくしいけしきをながめていると、リッパがはなしかけてきました。
「なあ、父《とう》さまがねらってる宝石《ほうせき》テントウって、宝石《ほうせき》なのにほんとに生《い》きてるのか？」
「うん、大《おお》むかしのすごうでの宝石《ほうせき》職人《しょくにん》がつくった宝石《ほうせき》で、あんまりできがいいから、かみさまが命《いのち》をあたえたっていわれてるんだ。ほんもののテントウムシみたいに、うごいたりとんだりするし、食《た》べものも食《た》べ

るんだよ。とくにキララ松《まつ》の樹液《じゅえき》が大好物《だいこうぶつ》なんだって。あと、せなかについた七《なな》つの小《ちい》さな宝石《ほうせき》は、宝石《ほうせき》テントウの気分《きぶん》によって、いろんな色《いろ》にかわるらしいよ。」

　アベルがせつめいすると、リッパは、「おまえはほんとうにくわしいな」と感心《かんしん》しました。

　怪盗王《かいとうおう》がぬすんだ宝《たから》のことなら、アベルはなんでも知《し》っています。怪盗王《かいとうおう》の冒険《ぼうけん》ものがたりは、どの本《ほん》もなんどもよみかえしているからです。それほどすきな怪盗王《かいとうおう》にあえるかもしれないことが、アベルはうれしくてしかたないのでした。

（だけど、リッパはぼくなんかよりもっと、怪盗王《かいとうおう》にあいたいと思《おも》ってるんだろうな。リッパにとって怪盗王《かいとうおう》は、三年間《さんねんかん》もあえなかったお父《とう》さんなんだもんね。）

アベルがそうかんがえてリッパのほうをむくと、リッパは船《ふね》のめざすさきを、しんけんなまなざしで見《み》つめていました。

4

きんぴかやしきの冒険《ぼうけん》

スーパーチューリップパ号《ごう》が、キンピカノフ氏《し》のおやしきのそばまでついたころには、空《そら》はすっかりくらくなっていました。いつもよりずっと星《ほし》がちかくて、アベルはそのすばらしい夜空《よぞら》に、うっとりと見《み》とれてしまいました。

キンピカノフ氏《し》のおやしきは、やねもかべもみんなきんいろです。リップパの船《ふね》は、警察《けいさつ》にみつからないように、とても高《たか》い空《そら》をとんでいますが、その高《たか》さからでも、はでな色《いろ》のおやしきは、とてもよく目《め》だちます。

アベルが望遠鏡《ぼうえんきょう》をのぞきこむと、おやしきの庭《にわ》やへいのまわりに、たくさんの警官《けいかん》のすがたが見《み》えました。怪盗王《かいとうおう》はまだあらわれていないようで、警官《けいかん》たちはきんちょうした顔《かお》つきで、おやしきのまもりをかためています。

「これからどうするの、リッパ。」

「そうだなあ。父《とう》さまがあらわれるのを、ここでずっとまってるってのも、なんだかおもしろくないからな。ここはひとつ、おれさまが……。」

リッパがそうこたえかけた、そのときでした。

「ぼっちゃま、警察《けいさつ》のみなさまがいらっしゃったようでございます。」

じいやがふいにいいました。じいやの声《こえ》は、こんなときでもいつ

もとかわらずおだやかです。

アベルがぎょっとしてあたりを見《み》まわすと、警察《けいさつ》のマークをつけた巨大《きょだい》な飛行船《ひこうせん》が、雲《くも》のなかからつぎつぎにすがたをあらわしました。怪盗王《かいとうおう》が空《そら》からやってきたときのために、雲《くも》にかくれてまちかまえていたのです。

警察《けいさつ》の飛行船《ひこうせん》は、けたたましくサイレンをならしながら、スーパーチューリップパ号《ごう》にせまってきます。スピードはこちらのほうが上《うえ》ですが、とりかこまれてしまったらきけんです。

「まずいよ、いそいでにげなくちゃ！」

「けど、にげまわってるうちに、父《とう》さまがきちゃったらどうするんだよ。」

「そんなこといったって、このままじゃつかまっちゃうよ！」

アベルがひっしに説得《せっとく》しようとすると、リッパはふうむ、となってから、決心《けっしん》したようにうなずきました。

「よし、それじゃあアベルとじいやは、安全《あんぜん》な場所《ばしょ》までにげといてくれ。おれさまはこれから、あのきんぴかやしきにしのびこんで、父《とう》さまよりさきに宝《たから》をぬすみだすことにする！」

とつぜんそんなことをいうと、リッパはからくり木馬《もくば》にとびのりました。

それを見《み》たアベルは、あわててリッパをとめました。

「なにいってるのさ！　ぼくたちは怪盗王《かいとうおう》にあいにきただけで、宝《ほう》石《せき》テントウをぬすむつもりなんてなかったでしょ！」

「たしかにそうだったけど、せっかくひさしぶりに父《とう》さまにあえるんだぞ。おれさまがどれだけすごい怪盗《かいとう》になったか、父《とう》さまに見《み》せてやりたいからな。」

リッパはそうこたえて、からくり木馬《もくば》の首《くび》についた青《あお》いボタンをおします。すると木馬《もくば》のからだに、大《おお》きなつばさがはえました。

「まってリッパ、ひとりでなんてあぶないよ！」

「チチチッ、しんぱいいらないぞ。じいや、アベルのことはまかせたからな。」

「おまかせください。ぼっちゃま、どうかお気《き》をつけて。」

じいやのことばに、「ぼっちゃまっていうな！」といつものせりふをかえすと、リッパはからくり木馬《もくば》のつばさをはばたかせて、空《そら》とぶ船《ふね》からとびだしました。アベルが大声《おおごえ》でリッパのなまえをよびましたが、その声《こえ》も警察《けいさつ》のサイレンの音《おと》にかきけされてしまいます。

リッパをのせたからくり木馬《もくば》は、空《そら》をまっすぐおちるように、キンピカノフ氏《し》のおやしきにむかっていきます。とちゅうでうしろをたしかめると、じいやとアベルはぶじに警察《けいさつ》からにげられたようです。そのことにほっとしてから、リッパは気《き》をひきしめました。

これまで怪盗《かいとう》をするときは、いつもじいやかアベルがいっしょでした。ひとりきりでの怪盗《かいとう》しごとははじめてですが、しっぱいするわけにはいきません。

「そうさ、最高《さいこう》にカッコよく宝《たから》をぬすみだして、父《とう》さまをおどろかせてやるんだ！」

おやしきの庭《にわ》では、リッパに気《き》づいた警官《けいかん》たちが大《おお》さわぎをしていました。おやしきのなかにも、たくさんの警官《けいかん》のすがたが見《み》えます。

リッパはからくり木馬《もくば》に、空《そら》とぶ船《ふね》にもどっているようにつたえると、きんいろのかべにむかって大《おお》きくジャンプしました。

「怪盗《かいとう》キ――――ック！」

強力《きょうりょく》なキックでかべをつきやぶって、リッパはおやしきにとびこみました。そしてまわりの警官《けいかん》たちに、おきにいりのカッコいいポーズでせんげんします。

「怪盗王子《かいとうおうじ》チューリッパ、華麗《かれい》に参上《さんじょう》だ！　きゅうだったから、予《よ》告状《こくじょう》は省略《しょうりゃく》させてもらうぞ！」

リッパが名《な》のりおわっても、警官《けいかん》たちはまだおどろきでうごけないでいます。そんな警官《けいかん》たちのあいだをすりぬけて、リッパは走《はし》りだしました。

「ま、まてっ、にがすかっ!」

「はさみうちでつかまえろ!」

つぎからつぎにおしよせてくる警官《けいかん》たちをかわしながら、リッパはおやしきのなかをかけぬけます。

リッパをおいかける警官《けいかん》のかずはどんどんふえ、すぐに何十人《なんじゅうにん》もの大軍団《だいぐんだん》になります。

その気《き》になれば、リッパは怪力《かいりき》で警官《けいかん》たちをやっつけてしまうこ

ともできます。ですが、りっぱな怪盗《かいとう》をめざすリッパは、ぬすみのためにだれかをきずつけたりしないときめているのです。

「むぅ、しつこいやつらだな。これじゃあ、おちついて宝《たから》のにおいもたしかめられないじゃないか。」

リッパはうしろをふりむいてぼやきます。

それからリッパは、ろうかのかどをまがってすぐに、ぴょんっ、とジャンプをしました。まもなく警官《けいかん》たちがおいついてきましたが、ろうかをまがったさきに、なぜかリッパのすがたは見《み》あたりません。

「おのれ！　どこへきえた怪盗王子《かいとうおうじ》！」

「ちかくのへやにかくれているかもしれん。さがせ、しらみつぶしにさがすんだ！」

警官《けいかん》たちがへやのなかをさがしはじめます。そのあとで、ろうか

のてんじょうにはりついていたリッパは、こっそりゆかにおりて、また走《はし》りだしました。

「あちこちから宝《たから》のにおいがするな。けど、いちばんいっぱいにおいがあつまってるのは、たぶん地下《ちか》のほうか。」

リッパは鼻《はな》をくんくんうごかしてつぶやきます。リッパの鼻《はな》は、宝《たから》のにおいをかぎとることができるのです。

かいだんの手《て》すりをすべりおりて地下《ちか》につくと、すぐにごうかなとびらが見《み》えました。とびらのまえでは、ふたりのいかつい警官《けいかん》が見《み》はりをしています。そのふたりの足《あし》もとをめがけて、リッパはふところからとりだしたチューリップの花《はな》をなげました。

「こ、このチューリップは、まさか……。」

警官《けいかん》たちはおどろいて、足《あし》もとにつきささったチューリップをひろいます。そしてその花《はな》に顔《かお》をちかづけたとたん、ふたりの警官《けいかん》はばたばたとゆかにたおれてしまいました。

リッパがなげたのは、じいやがそだてた、とくべつなチューリップだったのです。においをかいだあいては、たちまちねむりにおちてしまう、ねむり薬《ぐすり》いらずのチューリップ。しかも、ねむったあとは、すばらしくいいゆめが見《み》られるという保証《ほしょう》つきです。

しあわせそうにねむっている警官《けいかん》たちをまたいで、リッパはとびらをあけようとしました。ですが、とびらにはカギがかかっています。

リッパはとびらをコンコン、とたたいて、そのかたさをたしかめ

ました。
「うん、このくらいなら、ハンマーなしでもこわせるな。いくぞっ、怪盗《かいとう》パ——ンチ！」
　リッパのパンチでとびらがふきとびます。すると、こわれたとびらのむこうに、すばらしい宝石《ほうせき》のコレクションが見《み》えました。
　そのすばらしさは、これまでたくさんの博物館《はくぶつかん》や宝石店《ほうせきてん》で怪盗《かいとう》をしてきたリッパでも、息《いき》をのんでおどろくほどでした。へやのなかは、たくさんの宝《たから》のにおいでいっぱいになっています。

「だけど、なんだかかわるいことをしてあつめたにおいがするぞ、このへやの宝《たから》。」

リッパはにおいをたしかめて顔《かお》をしかめました。

それからあらためてへやを見《み》わたしていたリッパは、おくのかべぎわに、きんいろの虫《むし》カゴがおいてあるのをみつけました。リッパがそれにかけよってみると、虫《むし》カゴのなかに、キラキラしたテントウムシ型《がた》の宝石《ほうせき》がありました。かたちはテントウムシですが、大《おお》きさはカブトムシほどもあります。

「こいつが宝石《ほうせき》テントウなのか……？」

リッパはふしぎな顔《かお》をしました。生《い》きている宝石《ほうせき》というはなしだったのに、カゴのなかの宝石《ほうせき》は、ぜんぜんうごかないのです。

リッパは虫《むし》カゴをたたいてはなしかけました。

「おい、ねてるのか？　それともおなかがへってうごけないのか？　じいやのドーナツ食《た》べるか？」

リッパはポーチからだしたドーナツを虫《むし》カゴにちかづけますが、宝石《ほうせき》テントウはやっぱりうごきません。しかたなくドーナツはじぶんで食《た》べながら、リッパはつぶやきました。

「そういえば、宝石《ほうせき》テントウは、なんとか松《まつ》の樹液《じゅえき》がすきだっていってたな。それがあったら、こいつもうごくのかな……って、うん？」

リッパはおかしなことに気《き》がついて、鼻《はな》をくんくんさせました。

「こいつ、宝《たから》のにおいがしないぞ？」

そのときでした。とつぜん大《おお》きなオリがふってきて、リッパをな

かにとじこめました。

「なにっ!?」

リッパはおどろいて上《うえ》を見《み》あげます。それと同時《どうじ》に、オリのてんじょうから、白《しろ》いけむりがいきおいよくふきだしてきました。

そのけむりをすいこんだとたん、リッパはからだがしびれて、うごけなくなってしまいました。

5

無《む》敵《てき》の怪《かい》盗《とう》

「な、なんだこれ、からだがビリビリしてうごかないぞ。」

リッパがオリのなかでたおれてしまうと、すぐに警官《けいかん》の大集団《だいしゅうだん》がへやにかけこんできました。

警官《けいかん》たちが、ずらりとオリをとりかこみます。そのなかでいちばんえらそうなメガネの警官《けいかん》が、たおれたリッパを見《み》おろしていいました。

「ざんねんだったな、怪盗王子《かいとうおうじ》。そこの宝石《ほうせき》テントウは、われわれが用意《ようい》したにせものだよ。」

「なっ、やっぱりにせものだったのか！」

どうりでぜんぜんうごかないし、宝《たから》のにおいもしないわけだ。

リッパはメガネ警官《けいかん》をにらんでくやしがります。

「そんな顔《かお》をしても、もうにげられないぞ。うらむのなら、おまえをわなにはめた、わたしのカンペキな頭脳《ずのう》をうらむがいい。なあ、わたしはカンペキだったろう、きみ。」

「はっ、カンペキであります、警部《けいぶ》どの！」

メガネ警官《けいかん》のとなりにいた部下《ぶか》の警官《けいかん》が、びしっと気《き》をつけをしてこたえます。

「そうだろうそうだろう。しかし怪盗王子《かいとうおうじ》をつかまえたとなれば、わたしがまたえらくなるのはまちがいないな。まちがいないだろう、

きみ。」

「はっ、まちがいありません、警部《けいぶ》どの！」

そうだろうそうだろう、とメガネ警官《けいかん》はまんぞくそうになんどもうなずきます。

リッパはなんとかおきあがろうとしますが、からだはまったくうごきません。このままでは、ほんとうにつかまってしまいます。

せっかく父《とう》さまにカッコいいところを見《み》せようと思《おも》ったのに、こんなドジをふむなんて。リッパがあせっていると、メガネ警官《けいかん》がごきげんにいいました。

「ふふん、怪盗王子《かいとうおうじ》がこんなにあっさりつかまったんだ。このぶんだと、怪盗王《かいとうおう》をつかまえるのもかんたんだな。そう思《おも》うだろう、きみ。」

「いえっ、それはありえません、警部《けいぶ》どの！」

「そうだろうそう……なんだって？」

メガネ警官《けいかん》が顔《かお》をしかめます。すると部下《ぶか》の警官《けいかん》は、まじめな口《く》調《ちょう》でこたえました。

「怪盗王《かいとうおう》ほどのりっぱな怪盗《かいとう》なら、こんなつまらないわなにひっかかることは、けっしてありません。このていどのオリなら、とじこめられたしゅんかんにこわせますし、しびれガスも根性《こんじょう》でたえられます。ようするに、おまえはまだまだ未熟者《みじゅくもの》ってことだ、リッパ。」

さいごでがらりと声《こえ》をかえて、部下《ぶか》の警官《けいかん》はオリのなかのリッパにいいました。

その声《こえ》に、リッパはききおぼえがありました。リッパがおどろきのあまりかたまっていると、メガネ警官《けいかん》がおろおろといいだしました。

「な、なにをいってるんだね、きみは……。」

「いやあ、せっかくつかまえたってのにわるいな、警部《けいぶ》どの。こいつはあとでよくしかっておくから、きょうのところは見《み》のがして

やってくれ。」

あやしい部下《ぶか》の警官《けいかん》は、そういいながらオリの鉄棒《てつぼう》をつかんで、くにゃっとまげてしまいました。リッパいじょうのとんでもない怪力《かいりき》に、まわりの警官《けいかん》たちはぜんいん目《め》をまるくしてしまいます。

「おまえは、まさか……。」

メガネ警官《けいかん》がふるえた声《こえ》でいいかけます。

そのとき、あやしい警官《けいかん》の

そでから、チューリップじるしの小《ちい》さな玉《たま》がこぼれました。その玉《たま》がゆかではじけて、まぶしい光《ひかり》をはなちます。

警官《けいかん》たちがとっさに目《め》をかばい、そして光《ひかり》がおさまったときには、オリはもぬけのからになっていました。あやしい警官《けいかん》のすがたも、いっしょにきえてしまっています。

警官《けいかん》たちが大《おお》あわてでふたりをさがしはじめると、すぐにからかうような声《こえ》がふってきました。

「だれをさがしているんだ？」

警官《けいかん》たちが声《こえ》のしたほうをいっせいに見《み》あげます。するとオリの上《うえ》に、リッパをだきかかえた、黒《くろ》マントの男《おとこ》のすがたがありました。男《おとこ》のあたまにはごうかな王冠《おうかん》がきらめき、リッパとよくにた怪盗《かいとう》マスクで顔《かお》をかくしています。

「三年《さんねん》ぶりだな、警察《けいさつ》のしょくん。怪盗王《かいとうおう》チューリッヒ、無敵《むてき》に参《さん》上《じょう》だ！」

ことばをなくしている警官《けいかん》たちにむかって、怪盗王《かいとうおう》は高《たか》らかにせんげんしました。

スーパーチューリッパ号《ごう》のかんぱんでは、アベルがずっとリッパのかえりをまっていました。

はるかとおくのきんいろのおやしきをながめて、アベルが思《おも》いつめた顔《かお》をしていると、じいやがそっと声《こえ》をかけてきました。

「アベルさま、すこし船《ふね》のなかでおやすみになられてはいかがでございますか。」

「でも、まだリッパがかえってこないから……。」

アベルはそうこたえて、またおやしきをふりかえります。すると
そのとき、すごいはやさでこちらにとんでくる、なにかのかげが見《み》
えました。

かげの正体《しょうたい》は、機械《きかい》じかけの竜《りゅう》のの
りものでした。それをそうじゅうして
いるのは、アベルがずっとあこがれて
いた怪盗王《かいとうおう》です。
アベルは「わあっ」と声《こえ》をあげそう
になります。しかしすぐに、うしろの
せきでぐったりしているリッパに気《き》が
つくと、アベルは歓声《かんせい》をのみこんで、
「リッパ！」とひめいのようにさけび

ました。

怪盗王《かいとうおう》は機械《きかい》の竜《りゅう》を空《そら》とぶ船《ふね》のとなりにつけると、リッパをだいてひらりとかんぱんにとびうつってきました。怪盗王《かいとうおう》のすがたは、だいすきな本《ほん》の絵《え》で見《み》たままです。いつものアベルなら、感動《かんどう》してしまうところですが、いまはそんなばあいではありません。

「リ、リッパ、だいじょうぶ!?」

「ああ、ちょっとからだがしびれてるだけだ。」

リッパはそういってわらってみせます。すこしむりをしているようにも見《み》えますが、アベルはひとまず安心《あんしん》しました。

じいやもリッパのようすにほっとした顔《かお》になってから、怪盗王《かいとうおう》にむかっていいました。

「だんなさま、おひさしゅうございます。よくぞごぶじでおもどりになられました。」

「なんだ、オレさまがぶじじゃないと思《おも》ってたのか。しつれいなやつだ。けど、ながいこと留守《るす》にしてわるかったな、じいや。ずっとリッパのおつきをしてくれてたこと、感謝《かんしゃ》してるぞ。」

もったいないおことばでございます、とじいやはうやうやしくあたまをさげました。

「ところで、こっちにいるのはリッパのともだちか？」

だいていたリッパをじいやにあずけたあとで、怪盗王《かいとうおう》がアベルのほうをむきました。

アベルはカチコチにきんちょうして、怪盗王《かいとうおう》にあいさつをします。

「あのっ、ぼく、リッパの相棒《あいぼう》の、アベル・カネスキーっていいます。怪盗王《かいとうおう》チューリッヒさんの冒険《ぼうけん》の本《ほん》がずっとだいすきで、その……。」

「おお、つまりオレさまのファンか。そうかそうか、それはうれしいな。」

怪盗王《かいとうおう》がアベルにわらいかけます。あこがれの怪盗王《かいとうおう》とはなしができたアベルは、ドキドキしすぎてあたまがまっしろになってしまいました。

三年間《さんねんかん》もどこでなにをしていたんですか、とか、世界最高《せかいさいこう》の宝《たから》は手《て》にいれられたんですか、とか、怪盗王《かいとうおう》にあったらききた

いと思《おも》っていたことは、たくさんありました。ですが、それもすべて、どこかへとんでいってしまいます。

アベルが感激《かんげき》していると、リッパが「父《とう》さま」と怪盗王《かいとうおう》にはなしかけました。しびれがきえてきたのか、リッパはじいやのうでからおりて、じぶんの足《あし》でかんぱんに立《た》っています。

そんなリッパを見《み》おろして、怪盗王《かいとうおう》はあきれたようにいいました。

「やっとうごけるようになったのか。まったく、あんなしびれガスにやられるなんてだらしないぞ。だがまあ、そんなことよりも、おまえには、いっておくことがあるんだ。」

そこでいったんことばをとめると、怪盗王《かいとうおう》はとつぜん声《こえ》をきびしくしてつづけました。

「リッパ、おまえはもう怪盗《かいとう》をやめろ。」

思《おも》いもしなかったことばに、アベルは耳《みみ》をうたがいました。アベルがおろおろとリッパのほうを見《み》ると、リッパもうろたえたようすで、怪盗王《かいとうおう》にいいかえしました。

「なんでおれさまが怪盗《かいとう》をやめなきゃいけないんだよ、父《とう》さま!」

「せつめいしなくちゃわからないのか? オレさまがたすけてやらなかったら、おまえはいまごろ、警察《けいさつ》のろうやのなかなんだぞ。はっきりいって、おまえていどの実力《じつりょく》のやつが、怪盗王《かいとうおう》のむすこを名《な》のってるのはめいわくなんだ。父親《ちちおや》のオレさままで、たいしたことないって思《おも》われそうだからな。」

怪盗王《かいとうおう》のことばに、リッパがくやしそうに顔《かお》をゆがめます。いいかえすことができないでいるリッパにかわって、アベルは怪盗王《かいとうおう》にうったえました。

「ま、まってください。リッパはほんとうは、すごい怪盗《かいとう》なんです。きょうはたまたましっぱいしちゃったみたいだけど、いつかは怪盗王《かいとうおう》さんみたいな、りっぱな怪盗《かいとう》になるってがんばってるんです！」

「ほう、オレさまみたいな怪盗《かいとう》に、か。」

怪盗王《かいとうおう》はおもしろがるようなひとみでリッパのことを見《み》つめてから、かたをすくめていいました。

「ざんねんだが、そいつはむりなはなしだ。」

アベルは「えっ？」と声《こえ》をあげてしまいました。リッパも息《いき》をのんで、怪盗王《かいとうおう》の顔《かお》を見《み》あげます。

「いいか、オレさまは怪盗《かいとう》のなかの怪盗《かいとう》、無敵《むてき》の怪盗王《かいとうおう》チューリッ

ヒさまなんだぞ。おまえみたいなへっぽこが、どんなにがんばったって、オレさまみたいになれるわけがないだろ。」

怪盗王《かいとうおう》はつめたくリッパにつげると、「はなしはそれだけだ」と背《せ》をむけて、機械《きかい》じかけの竜《りゅう》にふたたびとびのりました。

「だんなさま、どちらにいかれるのですか？」

「ああ、オレさまもいろいろいそがしくてな。ひさしぶりにじいやのうまい料理《りょうり》が食《た》べたいけど、それはまたつぎのときにするぞ。」

怪盗王《かいとうおう》はざんねんそうにこたえてから、リッパにむかっていいました。
「オレさまはあしたの夜《よる》、もういちど宝石《ほうせき》テントウをぬすみにいく。こ

んどはきょうみたいにじゃまをするなよ、リッパ。」

怪盗王《かいとうおう》はリッパのへんじをまたずに、竜《りゅう》の機械《きかい》をあやつって、とおくの空《そら》にとびさってしまいました。

リッパはそのうしろすがたを、くらい顔《かお》で見《み》おくっています。

リッパをはげましたくても、どんなことばをかけたらいいかわからなくて、アベルもただじっと、怪盗王《かいとうおう》のさっていった空《そら》を見《み》つめました。

夜空《よぞら》はいつのまにか、黒《くろ》い雲《くも》におおわれていて、雲《くも》のすきまに見《み》えるわずかな星《ほし》だけが、よわよわしい光《ひかり》でまたたいていました。

6

リッパ、自《じ》信《しん》そうしつ

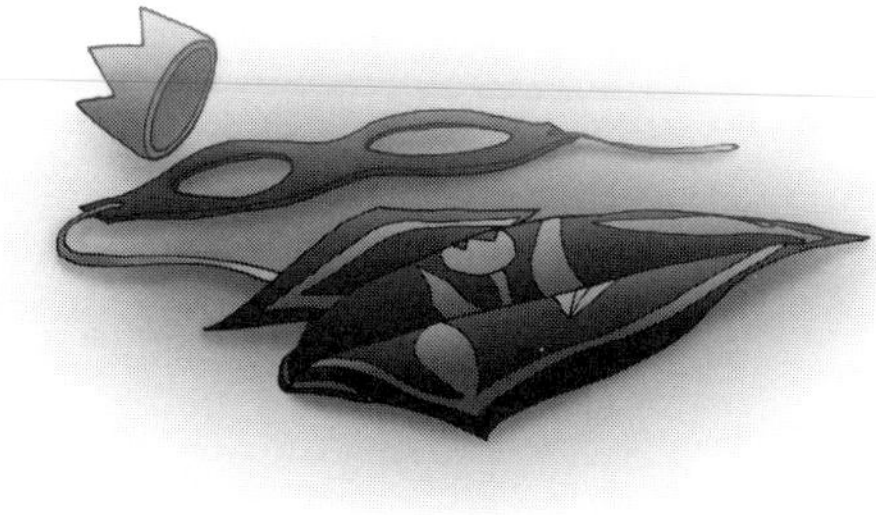

怪盗王《かいとうおう》がさったあと、リッパは空《そら》とぶ船《ふね》のじぶんのへやにとじこもってしまいました。

船内《せんない》のひろまで、アベルがリッパのことをしんぱいしていると、じいやがリッパのへやからもどってきました。リッパにドーナツをとどけにいったはずですが、手《て》にもったおさらのドーナツは、やまもりのままです。

「リッパ、ぜんぜん食《た》べないんですか？」

「はい、へやのまえでおよびしても、おへんじがございませんで……。」

大好物《だいこうぶつ》のドーナツも食《た》べようとしないなんて、とアベルはおどろいてしまいました。

リッパはよっぽどおちこんでいるようです。おそろしい魔女《まじょ》にこてんぱんにされたときも、ちっともへこたれることのなかった、あのリッパが。

リッパのきもちは、アベルにもほんのちょっとだけわかります。アベルもまえの冒険《ぼうけん》のとき、怪盗修行《かいとうしゅぎょう》の成果《せいか》を、ぜんぜんリッパに見《み》せることができなくて、おちこんだことがあるからです。

きっとリッパは、あのときのぼくの何百《なんびゃく》ばいも、つらくてくやしいきもちでいるんだろうな、とアベルはかんがえました。それから怪盗王《かいとうおう》のことばを思《おも》いだして、アベルはじいやにきいてみます。

「リッパ、ほんとに怪盗《かいとう》をやめたりしないですよね。」

「さあ、それはぼっちゃまがおきめになることですので、わたくしにはわかりかねます。ですがぼっちゃまは、これまでずっと、チューリッヒさまにりっぱな怪盗《かいとう》としてみとめていただくことをひとつの目標《もくひょう》に、怪盗《かいとう》をなさってきましたので……。」

じいやはことばをにごしましたが、そのつづきはきかなくてもわかりました。

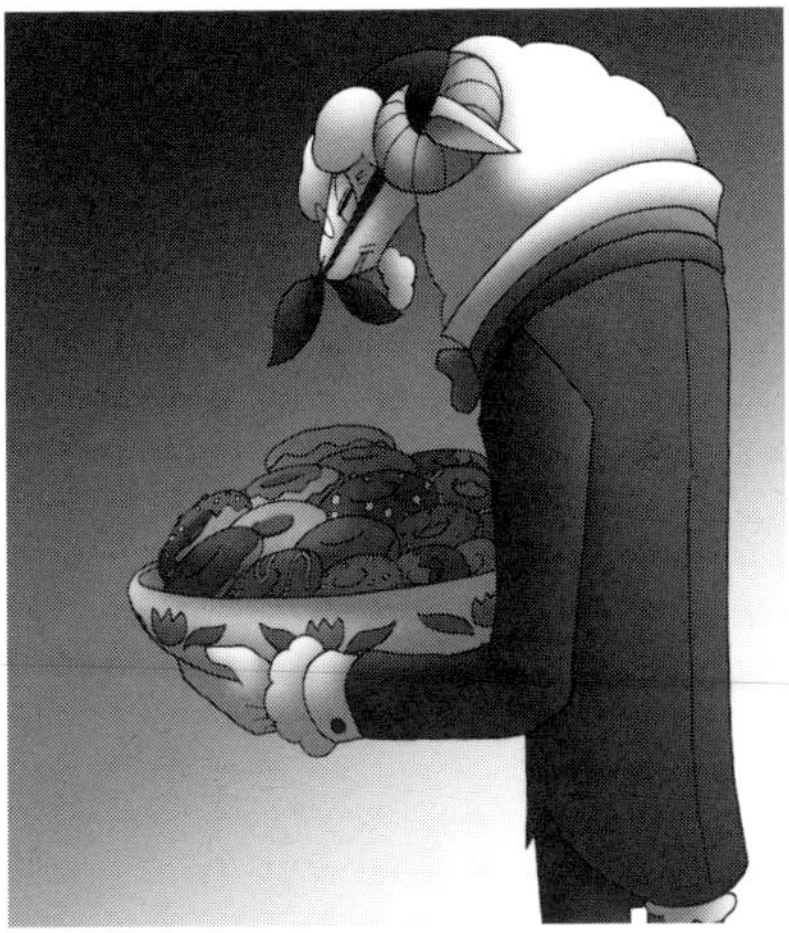

アベルはいてもたってもいられなくなって、リッパのへやにむかいました。
そしてへやのまえでちょっとまよってから、ドアをノックしてリッパによびかけます。

「リッパ、きこえてる？　こんどはぼくもがんばるから、もういちど宝石《ほうせき》テントウを手《て》にいれにいこうよ。」
すこしのあいだまってみても、リッパのへんじはありませんでした。それでもアベルはめげずにつづけます。
「このまま宝《たから》をあきらめちゃうなんて、ぜったいカッコわるいよ。りっぱな怪盗《かいとう》は、カッコわるいことはしないんでしょ。ねえ、リッパ！」

へんじはやはりありませんでした。リッパがほうっておいてほしいと思《おも》っていることは、アベルもわかっていました。ですが、ひとりでおちこんでいる相棒《あいぼう》をほうっておくことは、アベルにはできませんでした。

ドアにはカギがかけてあってあきません。ドアノブをぎゅっとにぎりしめて、あかないドアを見《み》つめてから、アベルはうしろについてきたじいやにたのみました。

「じいやさん、あれ、かしてください。」

ドアのむこうでよびかけるアベルの声《こえ》を、リッパはちゃんときいていました。まっくらなへやで、ベッドにねころがって。いつもつけている怪盗《かいとう》マスクは、ベッドの上《うえ》においてあります。

「……カッコわるいなんて、そんなことおれさまもわかってるぞ。」

リッパはぼそっ、とつぶやきました。

ですが、カッコわるいとわかっていても、また宝《たから》をぬすみにいこうという強《つよ》いきもちは、まったくわいてこないのでした。だれよりもあこがれ、目標《もくひょう》としてきた父《ちち》からのつめたいことばで、リッパは怪盗《かいとう》としての自信《じしん》をなくしてしまったのです。

おまえみたいなへっぽこが、どんなにがんばったって、オレさまみたいになれるわけがないだろ。怪盗王《かいとうおう》はそういっていました。バカにしたような声《こえ》が、あたまのなかでよみがえって、リッパは歯《は》をくいしばります。

「おれさまだって、がんばればきっと……。」

りっぱな怪盗《かいとう》になれるはず。そのことばを、自信《じしん》をなくしたいまのリッパは、口《くち》にすることができないでいました。

気《き》がつくと、アベルの声《こえ》はきこえなくなっていました。こんなへっぽこなおれさまのことなんか、きらいになっちゃったかな。リッパはそんなふうに思《おも》ってかなしくなりました。

しかしそのとき、ドアのむこうからへろへろなかけ声《ごえ》がきこえてきました。

「か、怪盗《かいとう》、はんまあっ！」

そのかけ声《ごえ》といっしょに、へやのドアがふきとぶようにこわれ、ろうかのあかりでへやがあかるくなりました。リッパがぎょっとしてとびおきると、リッパのハンマーをおもたそうにもった、アベルのすがたが見《み》えました。

「な、な、なんてことすんだアベル！」

リッパはびっくりぎょうてんしてといかけます。ですがアベルは、ハンマーのひとふりで、すべての力《ちから》をつかいはたしてしまったのか、すぐにはへんじをすることができません。

「……ほら、ね。ぼくもがんばれば、リッパのハンマーくらいつかえるでしょ？」

アベルが息《いき》をきらしながら、やっとのことでそういいます。リッパはますますとまどって、アベルにいいかえしました。

「いや、つかえるのはわかったけど、おまえちょっとムチャクチャすぎ……。」

「だから、リッパだってだいじょうぶだよ。」
アベルがリッパのことばをさえぎりました。
「怪盗王《かいとうおう》は、あんなこといってたけど、リッパだってがんばれば、怪盗王《かいとうおう》にもまけない、りっぱな怪盗《かいとう》になれるよ。ぼくは、そうしんじてるから。」
アベルはまっすぐにリッパの顔《かお》を見《み》つめます。リッパはハッとして、そのひとみを見《み》つめかえしました。

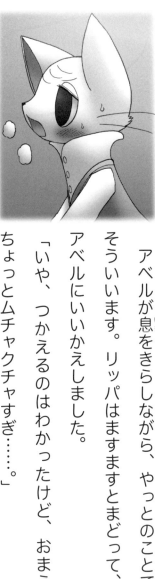

いえずにいたことばを、きっぱりといいきったアベルの強《つよ》いまなざしに、リッパの心《こころ》はゆれました。

「だいたい、リッパがへっぽこだなんて、怪盗王《かいとうおう》はおかしいよ。そんなことをいう怪盗王《かいとうおう》のほうがへっぽこなんだ。」

アベルがおこった声《こえ》でいうので、リッパはびっくりしてしまいました。

「なにいってんだよアベル。おまえ、父《とう》さまのことがだいすきだったじゃないか。」
「そうだったけど、リッパにあんなひどいことをいう怪盗王《かいとうおう》なんて、もうすきじゃない。」
アベルはほほをふくらませてこたえると、いっしょうけんめいにつづけました。

「リッパ、もういちど、怪盗王《かいとうおう》がねらってる宝《たから》に挑戦《ちょうせん》しよう。ここであきらめるなんて、ぜんぜんリッパらしくないよ。だってリッパは、最高《さいこう》にカッコいい、怪盗王子《かいとうおうじ》チューリッパなんだから！」

アベルはそうつげてから、うしろのじいやにもたずねました。

「ねっ、じいやさんもそう思《おも》いますよね？」

「いえ、それはぼっちゃまがおきめになることでございます。わたくしは、あくまでぼっちゃまのおつきでございますので。」

じいやのそっけないへんじに、アベルがおろおろとします。しかしそのあとで、じいやはしずかにほほえんでつけたしました。

「ですがわたくしも、ぼっちゃまがこれしきのことで、ねらった宝《たから》をあきらめるようなおかたではないとしんじております。」

じいやといっしょに、アベルもリッパにむかってわらいかけます。

そんなふたりの顔《かお》を見《み》つめるうちに、リッパのむねのなかは熱《あつ》くなっていました。そしてその熱《ねつ》が力《ちから》にかわって、からだじゅうにひろがっていくのを感《かん》じます。

「……そうだな。アベルもじいやも、こんなにおれさまのことをしんじてくれてるんだ。りっぱな怪盗《かいとう》をめざすなら、なかまの信頼《しんらい》をうらぎるわけにはいかないよな。」

小《ちい》さくそうつぶやくと、リッパはいきおいよくベッドの上《うえ》に立《た》ち

あがって、アベルとじいやにいいました。

「チチチッ、そんなにいうならしょうがない。ふたりの期待《きたい》にこたえて、この怪盗王子《かいとうおうじ》チューリッパさまが、父《とう》さまよりさきに宝石《ほうせき》テントウをぬすみだしてやるぞ!」

リッパのことばに、アベルがぱあっ、と顔《かお》をあかるくしました。

リッパはアベルにニッとわらってつづけます。

「そうときまればじいや、予告状《よこくじょう》のじゅんびだ! それから、とびきりおいしいドーナツもたのむぞ。もうおなかぺこぺこだからな!」

「かしこまりました、ぼっちゃま。」

じいやがうれしそうにこたえます。リッパは「ぼっちゃまってよぶなってば!」ともんくをいうと、はずしていた怪盗《かいとう》マスクをしっかりとつけなおしました。

7

アベルの作戦《さくせん》

　スーパーチューリッパ号《ごう》のかんぱんにおいたラジオから、最新《さいしん》のニュースがながれてきます。
『怪盗王《かいとうおう》の予告状《よこくじょう》につづいて、怪《かい》盗王子《とうおうじ》の予告状《よこくじょう》もとどいたキンピカノフ氏《し》のおやしきでは、いまもげんじゅうな警備《けいび》がつづいています。怪盗王《かいとうおう》はきょうの夜《よる》、怪盗王《かいとうおう》子《じ》はそのまえの日《ひ》ぐれまでに、宝《ほう》石《せき》テントウをぬすみだすと予告《よこく》しています。警察《けいさつ》はこの二通《につう》の予告《よこく》状《じょう》をうけ、警官《けいかん》のかずを十《じゅう》ばいにふやして、宝《たから》をまもっているとのことです。』

「たしかに、うじゃうじゃ警官《けいかん》がいるな。こんなものすごい警備《けいび》、おれさまもはじめて見《み》るぞ。」

望遠鏡《ぼうえんきょう》でおやしきのようすをたしかめて、リッパはおどろいてしまいました。アベルもつづけて望遠鏡《ぼうえんきょう》をのぞきこんで、目《め》をまるくします。

さすがにこれだけ警官《けいかん》がおおいと、きのうのようにはでにおやしきにのりこんだりしたら、たちまちとりおさえられてしまいそうです。しかもリッパがやってきたとわかれば、怪盗王《かいとうおう》もじっとしてはいないでしょう。警官《けいかん》あいてに手《て》こずっているよゆうはありません。

「しょうがない。やっぱりアベルがかんがえた作戦《さくせん》でいくことにするぞ。こっそりしのびこむなんて、おれさまの性《しょう》にあわないけど、

また警察《けいさつ》につかまったりしたらカッコわるいからな。」

しぶしぶそうきめてから、リッパはアベルにといかけました。

「けど、いいのかアベル。しっぱいしたら、おまえも警察《けいさつ》につかまっちゃうかもしれないんだぞ。」

「つかまったりしないよ。だって、リッパとじいやさんがいっしょなんだから。」

アベルが力《ちから》づよいへんじをかえします。リッパがうれしくなって、チチチッ、とわらっていると、船《ふね》のなかからじいやがでてきました。

「ぼっちゃま、おまたせいたしました。」

じいやが特製《とくせい》のキャンディをリッパにわたしました。キラキラと光《ひかり》をはなつような、星《ほし》のかたちをした棒《ぼう》つきキャンディです。

「おっ、うまそうじゃないか!」

「食《た》べちゃダメだからね！」

アベルがあわててちゅういをします。

空《そら》はもう夕日《ゆうひ》の色《いろ》にそまっています。リッパが予告状《よこくじょう》に書《か》いた期限《きげん》は、きょうの日《ひ》ぐれまで。そろそろ作戦《さくせん》をはじめる時間《じかん》です。

「父《とう》さまめ、へっぽことか未熟者《みじゅくもの》とか、いいたいほうだいいってくれたな。おれさまの実力《じつりょく》、こんどこそおしえてやるから、かくごしておけよ。」

とおくに見《み》えるおやしきに、キャンディをつきつけて、リッパはせんげんしました。

「どっちが宝《たから》を手《て》にいれるか、勝負《しょうぶ》だ、怪盗王《かいとうおう》！」

そのころ、キンピカノフ家《け》のおやしきでは、キンピカノフ氏《し》がつくえにならべた二通《につう》の予告状《よこくじょう》をながめて、いらいらしていました。華麗《かれい》な文字《もじ》で書《か》かれた怪盗王《かいとうおう》の予告状《よこくじょう》と、とてつもなくへたくそな字《じ》の、怪盗王子《かいとうおうじ》の予告状《よこくじょう》です。

「ふん、なにが正義《せいぎ》の怪盗《かいとう》だ、こそどろどもめ。わしが大金《たいきん》をはたいて手《て》にいれた宝石《ほうせき》テントウを、どうあつかおうとわしのかってだろう。」

宝石《ほうせき》テントウは、気分《きぶん》によってせなかの宝石《ほうせき》の色《いろ》がかわり、かなしいときは宝石《ほうせき》は青《あお》になり

ます。キンピカノフ氏《し》はその青《あお》色《いろ》がすきで、おきにいりの色《いろ》を見《み》るために、宝石《ほうせき》テントウをまいにちかなしませているのですが、それでもわるいことをしているとは思《おも》っていないのです。

キンピカノフ氏《し》がじまんのギザギザひげをふきげんにいじっていると、おやしきの執事《しつじ》がへやにやってきました。
「だんなさま、ご友人《ゆうじん》のカネスキーさまと、カネスキーさまのご子《し》息《そく》のアベルさまがいらっしゃいました。」
「おお、カネスキーのやつが？　なんだ、ずいぶんとつぜんだな。」
「はい、たまたまちかくにいらしたそうで、だんなさまにごあいさつをしたいとのこと。警察《けいさつ》のかたの指示《しじ》で、やしきのなかではなく、玄関《げんかん》のまえでおまちいただいております。」

「わかった、すぐいく。」

キンピカノフ氏《し》はきげんをなおして玄関《げんかん》にむかいました。キンピカノフ氏《し》とカネスキー氏《し》は、わかいころからの大親友《だいしんゆう》で、おたがいの宝《たから》や宝石《ほうせき》をじまんしあうなかなのです。

キンピカノフ氏《し》が玄関《げんかん》をでると、大《おお》きなカバンをもったカネスキー氏《し》とアベルがまっていました。

「ひさしぶりだな、カネスキー。あいかわらず、すてきなくるくるひげをしているな。」

「そっちこそ、ギザギザひげのまがりぐあいが、まえにもましてすばらしいじゃないか、キンピカノフ。」

ふたりはえがおであくしゅをかわします。そのあとでカネスキー氏《し》が、おやしきの警備《けいび》をしている警官《けいかん》たちを見《み》まわしていいました。

「しかし、たいへんなことになっているな。こんなときにとつぜんたずねては、めいわくかとも思《おも》ったんだが、わたしの宝《たから》もさいきん、怪盗王子《かいとうおうじ》にねらわれたものだからな。たにんごととは思《おも》えなくて、ようすを見《み》にきたのだ。」

「ウハハハ、しんぱいはいらんさ。ほんものの宝石《ほうせき》テントウがどこにあるかは、警察《けいさつ》のれんちゅうにもおしえてない。わしひとりしか場所《ばしょ》を知《し》らない、ひみつのへやにかくしてあるのだ。しかもそこにたどりつく道《みち》には、わなを山《やま》ほどしかけてある。いくらすごうでの怪盗《かいとう》でも、ぬすみだすことはできん。」

「ほう、さすがはキンピカノフだな。ところで、そのひみつのへやというのはどこに……。」

カネスキー氏《し》がなにげなくたずねかけます。

そのとき、「おまちください！」ときびしい声《こえ》がして、メガネの警官《けいかん》がふたりのはなしにわってはいってきました。

メガネ警官《けいかん》は、カネスキー氏《し》とアベルをじろじろながめていいました。

「このふたり、怪盗王子《かいとうおうじ》とおつきのじいやの変装《へんそう》かもしれません。たずねてきたタイミングがどうもあやしいですし、怪盗王子《かいとうおうじ》は子《こ》どもの怪盗《かいとう》です。子《こ》どもに変装《へんそう》するのはとくいなはず。わたしのカンペキなすいりにまちがいはありません。」

「そ、そんな！　ぼく、怪盗王子《かいとうおうじ》なんかじゃないです！」

「わたしだってほんものだ！　おいおまえ、びんぼう人《にん》のくせにしつれいすぎるぞ！」

　ふたりがあわてていいかえします。

「カネスキーのいうとおりだ。だいたい、このみごとなひげが、にせもののわけないだろう。」

　キンピカノフ氏《し》もそういって、カネスキー氏《し》のくるくるひげをひっぱりました。

　すると、どうしたことでしょう。カネスキー氏《し》のくるくるひげが、とれてしまったのです。

　キンピカノフ氏《し》とメガネ警官《けいかん》が、あっ、と声《こえ》をあげました。まわりにいた警官《けいかん》たちも、ぎょっとしてしずまりかえります。

　そのあとで、ひげのとれたカネスキー氏《し》がいいました。

「もうしわけございません。いかがいたしましょう、ぼっちゃま。」

それまでとはまったくちがうおだやかな声《こえ》で、カネスキー氏《し》がアベルにたずねます。するとアベルも、とつぜんしゃべりかたをかえてこたえました。

「チチチッ、ばれちゃったならしかたない。いったんにげるぞ、じいや。」

「お、おまえたち、やっぱり怪盗王《かいとうおう》子とじいやの変装《へんそう》か！」

メガネ警官《けいかん》がわめきました。ですが、にせものカネスキー氏《し》はかまわず「かしこまりました」とこたえて、ゆびぶえをならします。

その音《おと》をあいずに、からくり木馬《もくば》がおやしきの庭《にわ》にとびこんできました。からくり木馬《もくば》は目《め》からまぶしい光《ひかり》をはなって、むかえうとうとした警官《けいかん》たちをひるませます。そのすきにカネスキー氏《し》とアベルは、木馬《もくば》の背《せ》にとびのって走《はし》りさってしまいました。

庭《にわ》にいた警官《けいかん》たちが、どたばたと木馬《もくば》をおいかけていき、玄関《げんかん》のまえには、キンピカノフ氏《し》だけがとりのこされました。

「な、なんてやつらだ。あやうくだまされるところだったわ。」

そうつぶやいたあとで、キンピカノフ氏《し》は足《あし》もとに大《おお》きなカバンがおきわすれられていることに気《き》がつきました。にせもののカネスキー氏《し》がもっていたカバンです。

そのカバンを見《み》おろして、キンピカノフ氏《し》は息《いき》をのみました。カバンがほんのすこしだけあいて、すきまからごうかな宝石《ほうせき》がのぞいていたのです。

もしかすると怪盗王子《かいとうおうじ》は、このやしきにくるまえに、べつの場所《ばしょ》でもぬすみをはたらいてきたのではないか、とキンピカノフ氏《し》はかんがえました。だとしたらカバンのなかには、ぬすんだばかりの宝《ほう》石《せき》が、ざくざくはいっているのでは、と。

キンピカノフ氏《し》はきょろきょろとまわりを見《み》て、ちかくにだれもいないことをたしかめると、おもたいカバンをすばやくおやしきのなかにもちかえりました。

「ウハハハ、なんというおもさだ。このおもさは宝石《ほうせき》だけじゃなく、金塊《きんかい》かなにかも

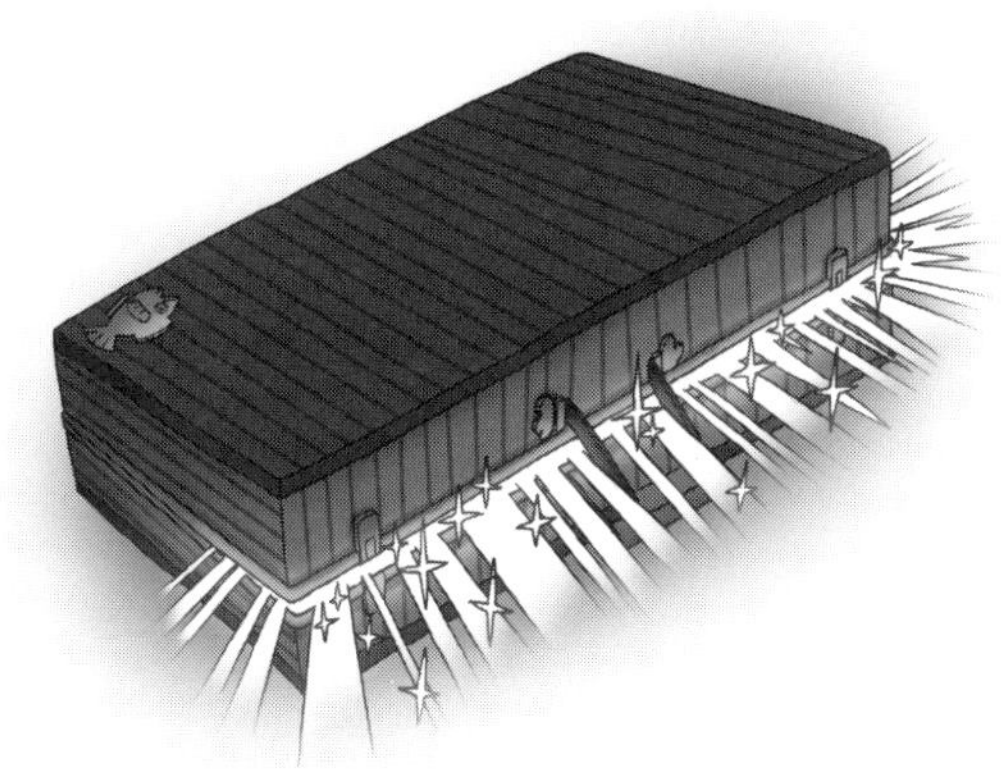

はいっているのではないか。」

ごきげんにつぶやきながら、キンピカノフ氏《し》はじぶんのへやにもどってきました。そして期待《きたい》にむねをふくらませて、カバンのなかみをたしかめます。

ところが、カバンにつまっていたのは、宝石《ほうせき》の山《やま》などではありませんでした。カバンのなかには、なんとリッパがひそんでいたのです。

「バカな！　おまえは警察《けいさつ》におわれてにげていったはずでは……！」

おどろくキンピカノフ氏《し》の鼻《はな》に、

リッパはねむりをさそうチューリップをつきつけます。

「チチチッ、まんまとだまされたな。変装《へんそう》してたのはじいやだけで、アベルはほんものだったんだぞ。アベルがおれさまのふりをしてたんだ。」

いびきをかいてねむりだしたキンピカノフ氏《し》に、リッパがせつめいします。

そう、これがアベルのかんがえた作戦《さくせん》だったのです。アベルはキンピカノフ氏《し》が、とてもよくばりな性格《せいかく》だということを知《し》っていました。まえに父親《ちちおや》のカネスキー氏《し》が、そうはなしていたのをおぼえていたのです。

そのよくばりなキンピカノフ氏《し》なら、変装《へんそう》がばれてにげるふりをして、宝石《ほうせき》がはいっていそうなカバンをおいていけば、カバンをこっそりおやしきのなかにもちかえるにちがいない。アベルはそうかんがえたのです。

「さあ、あとは宝石《ほうせき》テントウをかくしてあるっていう、ひみつのへやをみつけるだけだ！」

リッパはじまんの鼻《はな》をうごかしました。おやしきのなかには、たくさんの宝《たから》のにおいがただよっていますが、心《こころ》をおちつけて、最高《さいこう》に集中《しゅうちゅう》することで、いちばんすばらしい宝《たから》のにおいをかぎわけます。

「わかったぞ！　宝石《ほうせき》テントウがある場所《ばしょ》は、こっちのほうだ！」

8

ひみつの通路《つうろ》をすすめ

へやのすみの大《おお》きな本《ほん》だなを、リッパが怪力《かいりき》でどかすと、うしろのかべにあやしいとびらがありました。カギがしまっていたとびらをごういんにあけて、リッパはそのなかに足《あし》をふみいれます。

とびらのむこうは、まどのひとつもない、ながいろうかでした。そのろうかをすすみはじめたとたん、リッパのうしろでガシャン、と鉄格子《てつごうし》がおりました。

「なんだ!?」とおどろいてふりか

えるのと同時《どうじ》に、リッパはきけんなけはいを感《かん》じました。リッパがすぐに猛《もう》ダッシュで走《はし》りだすと、そのあとをおいかけるように、あらたな鉄格子《てつごうし》がどんどんおちてきます。立《た》ちどまっていたら、とじこめられていたところです。

「そういえば、山《やま》ほどわながあるってはなしだったな！」

のぞむところだ、とリッパはいいはなちます。

するとそのことばにこたえるように、こんどはゆかがとつぜんぬけて、おとしあなになりました。ろうかのつきあたりに見《み》える、かいだんのてまえまで、すべてのゆかがいっせいに。

「なにぃ――――っ！」

くらくふかいおとしあなを、リッパはまっさかさまにおちていきます。おとしあなの底《そこ》はみずうみになっていて、そこをおよいでいた巨大《きょだい》な怪魚《かいぎょ》たちが、リッパのことをまちかまえていました。おそろしいキバのはえた口《くち》をあけて。

それを見《み》たリッパは、げんかいまで息《いき》をすって、「ふぅ――っ！」とおもいきりはきだしました。その息《いき》のものすごいいきおいで、お

ちるむきがかわり、リッパは怪魚《かいぎょ》の口《くち》をのがれて、ドボン、と水《みず》のなかにおっこちます。

すぐさま水中《すいちゅう》からとびだしたリッパに、怪魚《かいぎょ》たちがおそいかかってきました。その怪魚《かいぎょ》たちをつぎつぎにふみ台《だい》にしていきおいをつけると、リッパはとくいのスーパージャンプで、おとしあなからいっきにぬけだします。

「わるい！　おもいっきりふんじゃったけどケガしてないか！」

ジャンプのとちゅうで、リッパはうしろをふりかえっていいました。りっぱな怪盗《かいとう》は、ぬすみのためにだれかをきずつけてはいけないのです。たとえあいてが、おそろしい怪魚《かいぎょ》であっても。

ですが、しんぱいはいらなかったようです。怪魚《かいぎょ》たちはおとしあなの底《そこ》で、くやしそうにあばれまわっていました。

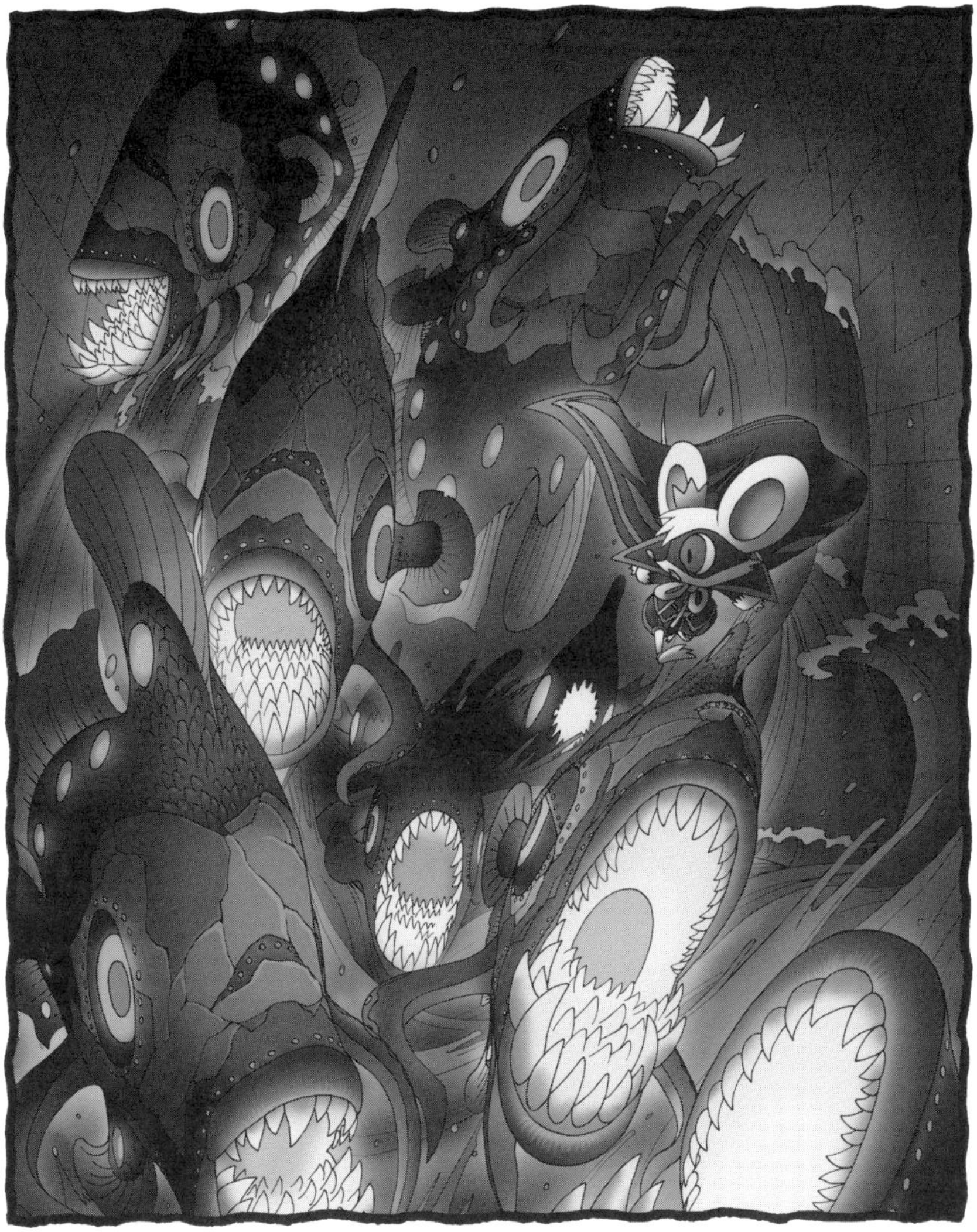

元気《げんき》な怪魚《かいぎょ》たちにほっとしながら、ろうかのつきあたりに着地《ちゃくち》すると、リッパはまた気《き》をひきしめて、かいだんをのぼりはじめました。

そのあとも、わなはやすむまもなくリッパをおそいました。

とんでくる矢《や》をかわし、トゲだらけのゆかをとびこえて、ひみつの通路《つうろ》をすすんでいくうちに、リッパの服《ふく》やマントは、もうだいぶぼろぼろになってしまっています。

「ま、まだまだ、このくらいでおれさまをとめられると思《おも》うなよ！」

いさましいせりふで、リッパはきもちをふるいたたせます。ところがつぎのかいだんをのぼったところで、リッパは「げっ」と声《こえ》をあげて立《た》ちどまってしまいました。

目《め》のまえに、いかにもがんじょうそうなとびらが立《た》ちはだかっていたのです。それがおそろしくかたい鋼鉄《こうてつ》のとびらだということは、たしかめなくてもわかりました。

怪盗王《かいとうおう》なら、鋼鉄《こうてつ》のとびらもパンチの一《いっ》ぱつでかるくこわせます。

ですがリッパはまだ、ハンマーなしではこわすことができません。

そしてそのハンマーは、じいやのカバンにはいっています。

「え――いっ、怪盗《かいとう》パ――ンチ！」

リッパはパンチをくりだしますが、とびらはびくともしません。

パンチをした手《て》のいたみをこらえながら、リッパはくやしがります。

「チ――――ッ！　せっかくここまできたってのに、いったいどうすればいいんだ！」

じいやのところにハンマーをとりにもどっているひまはありません。それでは、もう宝《たから》をあきらめるしかないのでしょうか。

「そんなわけいくか！　アベルとじいやが、おれさまをしんじてまってるんだからな！」

リッパだってがんばれば、怪盗王《かいとうおう》にもまけない、りっぱな怪盗《かいとう》になれるよ。ゆうべのアベルのことばを、リッパは思《おも》いだしました。

それからリッパは、こしのポーチにはいっていたじいやのドーナツをのこらずたいらげて、エネルギーを補給《ほきゅう》しました。そしてうでをぐるぐるまわして、リッパはありったけのパワーを、鋼鉄《こうてつ》のとびらにぶつけます。

「怪盗《かいとう》スーパーパ――――ンチ！」

けんめいなかけ声《ごえ》が、ひみつの通路《つうろ》にひびきわたってきえました。そのあとで、リッパはぎゅっとつぶっていた目《め》を、おそるおそるあけてみます。

鋼鉄《こうてつ》のとびらは、こわれてはいませんでした。リッパはがっかりしそうになりますが、そこでピシッという音《おと》がなりました。

とびらのまんなかに、ひびがはいったのです。そのひびが、たちまちクモの巣《す》のようにひろがったかと思《おも》うと、鋼鉄《こうてつ》のとびらはガラガラと音《おと》をたててくずれおちてしまいました。

こわれたとびらのむこうには、うずまき型《がた》のながいかいだんがありました。それを見《み》つめて、目《め》をぱちくりさせてから、リッパはよろこびの声《こえ》をあげました。

「や、やったぞ――っ！　どうだ、おれさまのパワーは、父《とう》さ

まにもまけてないんだ！」
そのときです。リッパのうしろで、パチパチとはくしゅの音《おと》がきこえました。
リッパはおどろいてふりかえります。するといつのまにか、うしろのかべに怪盗王《かいとうおう》がよりかかっていました。ぼろぼろなかっこうのリッパとはちがい、怪盗王《かいとうおう》の服《ふく》はきれいなままです。
「とっ、父《とう》さま、いつからそこに……。」

「いつからって、おまえがくるずっとまえからさ。ずいぶんのんびりしていたじゃないか、リッパ。もうこないかと思《おも》ったぞ。」

リッパはそれをきいてとまどってしまいました。怪盗王《かいとうおう》のいいかたは、まるでリッパがここにくるのをまっていたかのようだったからです。

「父《とう》さまは、おれさまがぬすみにくるってわかってたのか？　けど、父《とう》さまいったじゃないか。もう怪盗《かいとう》をやめろって。父《とう》さまが宝《たから》をぬすむじゃまをするなって。」

「ああ、いったな。おまえみたいなへっぽこは、りっぱな怪盗《かいとう》にはなれないともいった。」

怪盗王《かいとうおう》がうなずきます。ですが、そうこたえる怪盗王《かいとうおう》の顔《かお》には、ゆうべのようなつめたさはなく、なぜかうれしそうな表情《ひょうじょう》がうかん

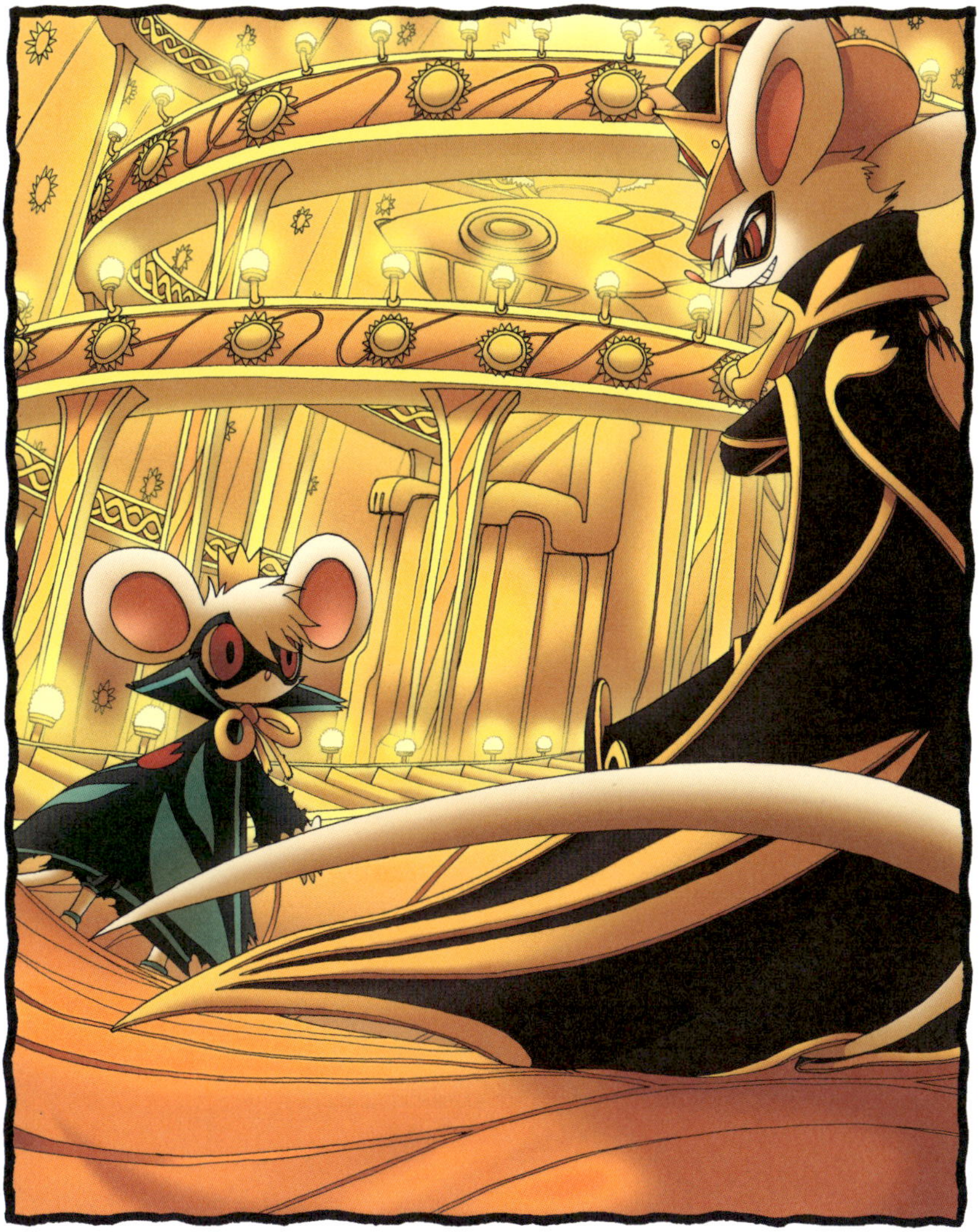

でいました。

その表情《ひょうじょう》を見《み》て、リッパは気《き》がつきました。

「もしかして、父《とう》さまはおれさまをためしたのか？　わざとひどいことをいって、おれさまがあきらめずに宝《たから》をぬすみにくるかどうか、たしかめようとしたのか⁉」

「そういうことだ。」

怪盗王《かいとうおう》はほほえんでこたえます。

「いいか、りっぱな怪盗《かいとう》っていうのは、なによりもまずカッコよくなくちゃいけないんだ。だから、オレさまにひどいことをいわれたくらいで、ねらった宝《たから》をあきらめるようなカッコわるいやつは、りっぱな怪盗《かいとう》になんてぜったいなれない。怪盗王《かいとうおう》のむすこを名《な》のる資格《しかく》もないってことだ。まあ、おまえの実力《じつりょく》がまだまだなのは、ほんとうだけどな。」

怪盗王《かいとうおう》はそうつげると、びっくりしているリッパのあたまを、やさしくなでました。

「すこしきつくいいすぎたかとも思《おも》ったけど、よくへこたれなかったな。えらいぞ、リッパ。さすがはオレさまのむすこだ。」

そのことばは、リッパがずっとききたいと思《おも》っていたことばでした。リッパはうれしさのあまり、さけび声《ごえ》をあげてしまいそうになります。

ところがそこで、怪盗王《かいとうおう》が「だが」とつづけました。

「怪盗王《かいとうおう》のほこりにかけて、宝石《ほうせき》テントウはオレさまがいただく！」

「あっ、ずるいぞ父《とう》さま！」

いきなり走《はし》りだした怪盗王《かいとうおう》を、リッパはおおあわてでおいかけました。

9

怪《かい》盗王《とうおう》対《たい》怪《かい》盗王子《とうおうじ》

ながいながいかいだんを、ぐるぐるとかけあがりながら、怪盗王《かいとうおう》がリッパにいいました。

「足《あし》のはやさはなかなかのもんだな。まえにかけっこをしたときより、ずいぶんはやくなった。」

リッパは怪盗王《かいとうおう》のはやさについていくだけでせいいっぱいでしたが、意地《いじ》をはってよゆうの声《こえ》でいいかえします。

「まえのときって、もう三年《さんねん》もまえじゃないか。はやくなるのはあたりまえだろ。だいたい父《とう》さま、三年間《さんねんかん》もどこにいってたんだよ。おれさま、すごくあいたかったんだぞ!」

それはリッパのほんとうのきもちでした。ずっとがまんしてきましたが、リッパはほんとうは、とてもさびしかったのです。

リッパの本音《ほんね》をきいた怪盗王《かいとうおう》が、かいだんをのぼりながら、リッパのほうをふりむきました。そしてまじめな声《こえ》になって、「わるかったな」とあやまります。

「三年《さんねん》まえ、オレさまが世界最高《せかいさいこう》の宝《たから》をぬすみにいったのは、リッパも知《し》ってるな。オレさまは、その宝《たから》がねむっている遺跡《いせき》で大冒険《だいぼうけん》をして、宝《たから》まであとすこしのところまでたどりついたんだが、宝《たから》をまもっていた番人《ばんにん》が、ものすごいやつでな。そいつの魔法《まほう》で、オレさまはここことはべつの世界《せかい》にとばされちまって、ついこのあいだ、やっとこっちにかえってこられたんだ。」

「ここはべつの世界《せかい》だって!?」

「ああ、そうだ。空《そら》までとどくような建物《たてもの》とか、油《あぶら》や電気《でんき》でうごく超《ちょう》スピードののりものがそこらじゅうにあふれてる、とんでもない世界《せかい》だ。かえってくるのにおそろしく苦労《くろう》したが、あっちの世界《せかい》もおもしろかったぞ。おまえもそのうちいってみるといい。」

怪盗王《かいとうおう》のはなしに、リッパはわ

くわくしてしまいました。けれどそれから、リッパは「あれ？」とつぶやきます。

「じゃあ、父《とう》さまはまだ、世界最高《せかいさいこう》の宝《たから》を手《て》にいれてないのか？」

「うぐっ……ま、まあ、そういうことになるが、オレさまはけっしてあきらめたわけじゃないぞ。しっかりじゅんびをととのえて、つぎこそぜったいぬすみだしてやるんだからな。」

怪盗王《かいとうおう》がくやしそうにこたえます。

父《とう》さまでも、くやしがることがあるんだな。リッパはいがいに思《おも》ってから、怪盗王《かいとうおう》のせなかを見《み》あげてせんげんしました。

「だったら、父《とう》さまよりさきに、おれさまがその宝《たから》を手《て》にいれてやる！」

「ほほう、いってくれるじゃないか。だがそういうえらそうなこと

は、この勝負《しょうぶ》に勝《か》ってからいうんだな!」

怪盗王《かいとうおう》はそうこたえて、さらにスピードをあげます。リッパも「まけるか!」とさけぶと、全速力《ぜんそくりょく》でかいだんをかけのぼりました。

最上階《さいじょうかい》のひみつのへやに、さきにたどりついたのは、リッパではなく怪盗王《かいとうおう》でした。

怪盗王《かいとうおう》がとびらをあけはなつ

と、きんいろのへやのまんなかに、きらびやかな虫《むし》カゴがおいてありました。そのなかにいた宝石《ほうせき》テントウが、怪盗王《かいとうおう》のすがたに気《き》がついて、虫《むし》カゴのなかでうれしそうにとびまわります。

「まったく、かわいそうにな。またこんなところにとじこめられてたのか。だが、もうだいじょうぶだぞ、オレさまがにがしてやるからな。」

怪盗王《かいとうおう》はそうはなしかけて、虫《むし》カゴをこわします。

そこでようやく、リッパがおいついてきました。

「どうだリッパ。宝石《ほうせき》テントウは、この怪盗王《かいとうおう》チューリッヒさまがいただいたぞ!」

怪盗王《かいとうおう》はリッパをふりかえって勝《か》ちほこります。

ところがそのとき、宝石《ほうせき》テントウが怪盗王《かいとうおう》のことをむしして、まっすぐリッパのほうへとんでいってしまいました。

「なんだと！」

怪盗王《かいとうおう》がおどろきの声《こえ》をあげました。

宝石《ほうせき》テントウは、リッパのもっていた棒《ぼう》つきキャンディにとびつくと、せなかの宝石《ほうせき》を七色《なないろ》にかがやかせます。宝石《ほうせき》が七色《なないろ》になるのは、宝石《ほうせき》テントウが最高《さいこう》によろこんでいる証拠《しょうこ》です。

それを見《み》て怪盗王《かいとうおう》はハッとしました。

「そのキャンディ、キララ松《まつ》の樹液《じゅえき》でつくったキャンディか！」

「そうさ！　ぎりぎりでこいつのとりあいになったときのために、じいやにつくっておいてもらったんだ！」

キララ松《まつ》の樹液《じゅえき》は、宝石《ほうせき》テントウの大好物《だいこうぶつ》です。そのうえ、おかしづくりがとくいなじいやがつくった、おいしいキャンディなら、

宝石《ほうせき》テントウがとびつくのもとうぜんです。

「おーい、もどってこい。おまえをたすけたのはオレさまなんだぞ。」

怪盗王《かいとうおう》がよびかけても、宝石《ほうせき》テントウはキャンディにむちゅうで、ぜんぜんきいていません。むりやりうばいかえすこともできましたが、怪盗王《かいとうおう》はそうしようとはしませんでした。

「……やられたな。そんなおくの手《て》を用意《ようい》しているとは思《おも》わなかった。しかし、そいつの好物《こうぶつ》をよく知《し》ってたな。」

「アベルがおしえてくれたんだ。アベルは父《とう》さまの冒険《ぼうけん》の本《ほん》に書《か》いてあることなら、なんでも知《し》ってるんだぞ。おれさまの相棒《あいぼう》はすごいんだ！」

リッパはむねをはってこたえました。

それからすぐに、かいだんをかけのぼってくるおおぜいの足音《あしおと》がきこえてきました。リッパと怪盗王《かいとうおう》がしのびこんだことに気《き》づいた警察《けいさつ》が、ふたりをおいかけてきたようです。

「おっと、ずいぶん早《はや》いおつきだな。わなを解除《かいじょ》してきたのか。」

さあどうする、というように、怪盗王《かいとうおう》はゆかいそうな顔《かお》でリッパを見《み》つめます。

にげ道《みち》はなく、へやのなかにもかくれる場所《ばしょ》はありません。へやは高《たか》い塔《とう》のてっぺんにあるようで、かべをこわしてとびおりることもできないでしょう。

ですがリッパは、うろたえることはありませんでした。怪盗王《かいとうおう》にむかって、ニッとわらってみせると、リッパは怪盗《かいとう》パンチで、かべに大《おお》きなあなをあけました。

リッパがあけたあなのまんまえには、運《うん》わるく警察《けいさつ》の飛行船《ひこうせん》がまちかまえていました。飛行船《ひこうせん》の警官《けいかん》たちが、リッパと怪盗王《かいとうおう》をみつけてさわぎだします。

その警官《けいかん》たちを、とつぜんイナズマのような光《ひかり》がおそいました。まぶしい光《ひかり》で警官《けいかん》たちの目《め》をくらませたのは、リッパをみつけてとんできたからくり木馬《もくば》です。木馬《もくば》の背《せ》には、怪盗《かいとう》マスクをつけたアベルがのっています。

アベルは木馬《もくば》をこわれたかべのまえにとめると、リッパに手《て》をさしのべました。

「リッパ、のって！」

リッパは「おう！」とうなずくと、アベルの手《て》をとって木馬《もくば》にとびのります。宝石《ほうせき》テントウがくっついたキャンディを、怪盗王《かいとうおう》に見《み》せつけながら。

リッパがのったあとも、アベルはすぐににげようとはしませんでした。怪盗王《かいとうおう》ものせたほうがいいか、まよっているのです。ですが怪盗王《かいとうおう》がへいきな顔《かお》でわらいかけると、アベルはぺこりとおじぎをして、からくり木馬《もくば》を発進《はっしん》させました。

木馬《もくば》のせなかでふりむいて、リッパが怪盗王《かいとうおう》に手《て》をふります。

リッパとその相棒《あいぼう》の、あざやかな逃走《とうそう》を見《み》とどけたあとで、怪盗王《かいとうおう》は虫《むし》カゴがおいてあった台《だい》に、チューリップ型《がた》のカードがのこされていることに気《き》がつきました。

そのカードには、おそろしくへたくそな文字《もじ》で、『怪盗王子《かいとうおうじ》チューリッパ参上《さんじょう》！』とほこらしげに書《か》いてあるのでした。

「……やるじゃないか、怪盗王子《かいとうおうじ》。」

リッパがにげていった空《そら》を見《み》つめて、怪盗王《かいとうおう》はまんぞくそうにつぶやきます。

それからすぐに、警官《けいかん》の大集団《だいしゅうだん》がへやになだれこんできました。

「こんどこそにげられないぞ、怪盗王《かいとうおう》。さあ、おとなしくつかまりたまえ！」

自信《じしん》たっぷりのメガネ警官《けいかん》のことばに、怪盗王《かいとうおう》はにやりと不敵《ふてき》な笑《え》みをうかべました。

10

最高《さいこう》の怪盗《かいとう》をめざして

警察《けいさつ》の飛行船《ひこうせん》をおきざりにして、からくり木馬《もくば》で空《そら》をとんでいくと、すぐにスーパーチューリッパ号《ごう》が見《み》えてきました。

リッパは木馬《もくば》の背《せ》からとくだいのジャンプでかんぱんにとびうつると、まっていたじいやに宝石《ほうせき》テントウを見《み》せました。

「どうだじいや、すごいだろ！　おれさま、父《とう》さまとの勝負《しょうぶ》に勝《か》ったんだぞ！」

「おお、おみごとでございます、

ぼっちゃま！」

じいやは感激《かんげき》のあまりなみだぐんでいます。リッパもうれしさをおさえきれなくなってしまって、宝石《ほうせき》テントウをじいやにあずけると、歓声《かんせい》をあげながらかんぱんをがむしゃらにかけまわります。

そうしてしばらくあばれまわったあとで、リッパはつかれきって、バタン、とあおむけにねころがりました。そして顔《かお》をのぞきこんできたアベルとじいやに、感謝《かんしゃ》のきもちをつたえます。

「アベルもじいやも、ありがとな。おれさまが父《とう》さまに勝《か》てたのは、ふたりのおかげだぞ。」

「そんなことないって。リッパはリッパの実力《じつりょく》で、怪盗王《かいとうおう》に勝《か》ったんだよ。」

「アベルさまのおっしゃるとおりでございます。」

アベルとじいやがくちぐちにこたえます。

いや、やっぱりふたりがいてくれたからだ。リッパはそう思《おも》いましたが、もういいかえすことはせずに、だまってふたりにわらいかけました。

それからリッパがおきあがると、アベルがしんぱいそうにいいました。

「怪盗王《かいとうおう》、警察《けいさつ》からにげられたかな……。」

「なにいってんだアベル。父《とう》さまがあのくらいでつかまるわけないだろ。」

リッパがそうこたえてから、すぐのことでした。矢《や》のようにとんできた、きんいろのチューリップが、リッパのそばのかんぱんにつきささりました。

チューリップのくきには、ほそい紙《かみ》がむすんであります。おどろいてその紙《かみ》をひろげると、リッパはそこに書《か》いてあったメッセージをよんでみました。

『世界最高《せかいさいこう》の宝《たから》はオレさまがいただく。
怪盗王《かいとうおう》チューリッヒ』

リッパはぶるっ、と武者《むしゃ》ぶるいをしました。それは、さきにぬす

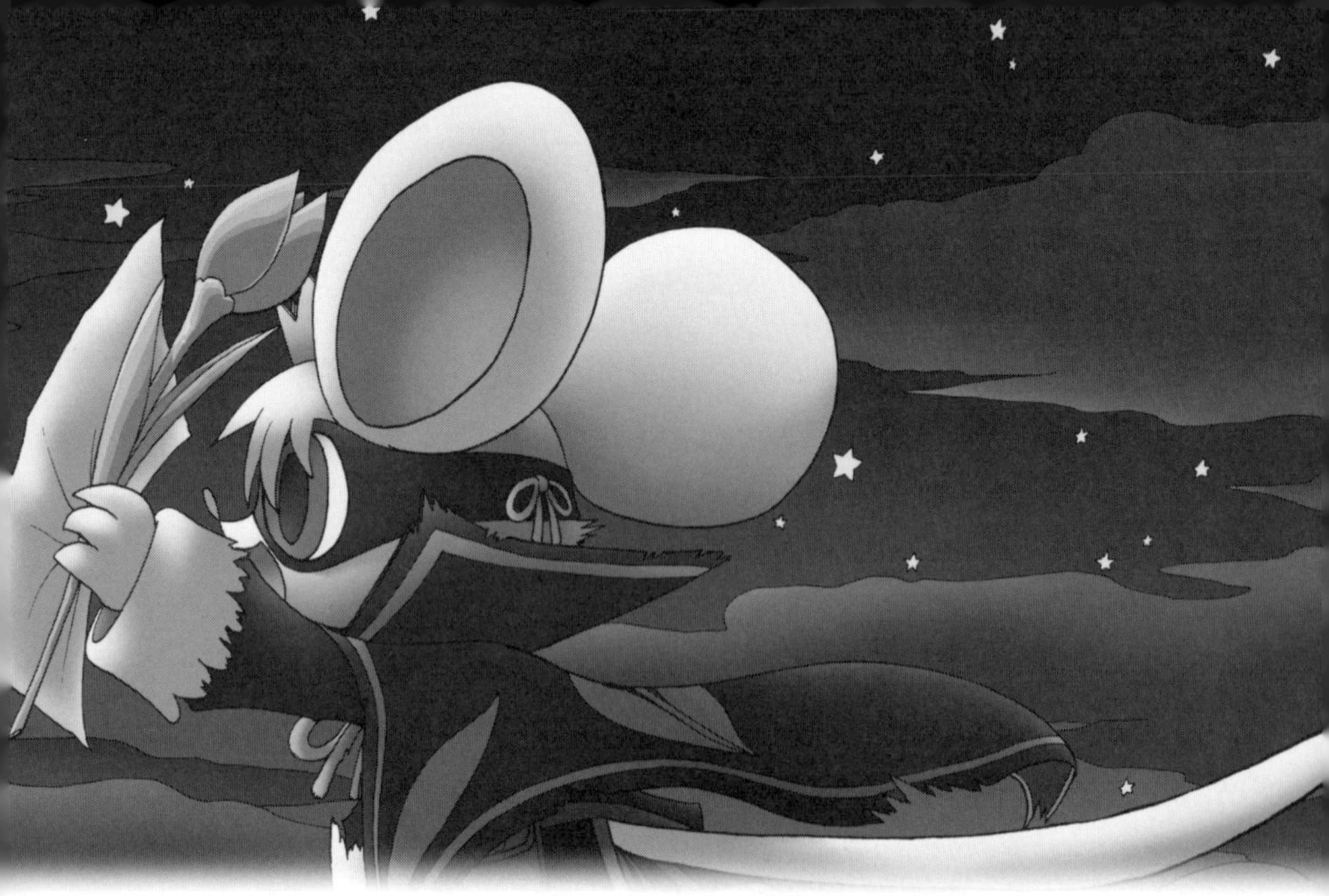

めるものならぬすんでみろ、という、怪盗王《かいとうおう》からの挑戦状《ちょうせんじょう》でした。

「見《み》て、あそこ！」

アベルがふいに声《こえ》をあげました。

リッパがアベルのゆびさすほうをむくと、とおくの空《そら》に、機械《きかい》じかけの竜《りゅう》にのった怪盗王《かいとうおう》のすがたがありました。

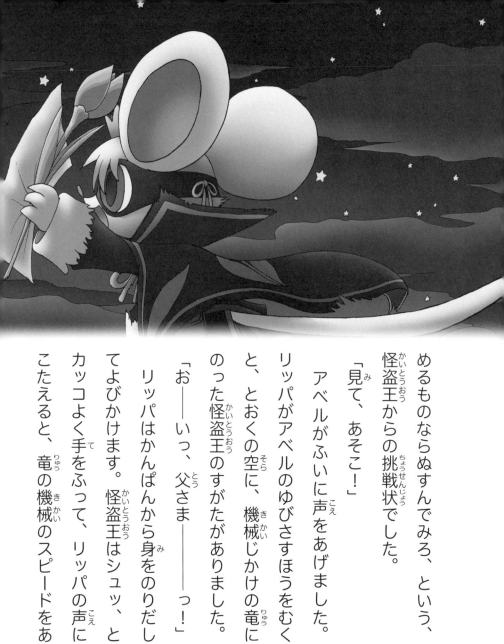

「おーーいっ、父《とう》さまーーーっ！」

リッパはかんぱんから身《み》をのりだしてよびかけます。怪盗王《かいとうおう》はシュッ、とカッコよく手《て》をふって、リッパの声《こえ》にこたえると、竜《りゅう》の機械《きかい》のスピードをあ

げて、空《そら》のかなたへさっていきました。

怪盗王《かいとうおう》のすがたが見《み》えなくなったあとで、アベルがぽつりといいました。

「またどこかへいっちゃったね、怪盗《かいとう》王《おう》。」

「まあ、こんどはゆくえふめいってわけじゃないからな。きっとまたすぐにあえるぞ。」

さびしさをかくしてこたえると、リッパはまた怪盗王《かいとうおう》からのメッセージを見《み》つめました。

怪盗王《かいとうおう》よりさきに、世界最高《せかいさいこう》の宝《たから》を

手《て》にいれてみせる。リッパはそうせんげんしましたが、まだまだ怪《かい》盗王《とうおう》にはかなわないことばかりです。

リッパがちょっぴり不安《ふあん》になっていると、アベルが「あっ、うらにもなにか書《か》いてあるよ」といいました。

それをきいたリッパが、紙《かみ》をうらがえしてみると、そこにはこんなことが書《か》いてありました。

『りっぱな怪盗《かいとう》をめざすなら、ていねいな字《じ》を書《か》く練習《れんしゅう》もしておくこと。予告状《よこくじょう》の字《じ》がきたない怪盗《かいとう》なんてカッコわるいぞ。』

からかうようなそのメッセージをよんだとたん、リッパの不安《ふあん》はきえていました。そしてかわりに、ふつふつとやる気《き》がわいてきます。

そうだ、いまはまだ、かなわないことばかりでも、ひとつずつがんばって、りっぱな怪盗《かいとう》にちかづいていけばいいんだ。リッパはそう心《こころ》にきめると、空《そら》いっぱいにひびくような大声《おおごえ》でさけびました。

「やってやる、おれさまやってやるぞ！　じょうずな字《じ》も書《か》けるようになって、世界最高《せかいさいこう》の宝《たから》も手《て》にいれて、そんでもって父《とう》さまよりすごい、最高《さいこう》にりっぱな怪盗《かいとう》になってやるんだ！」

リッパのせんげんに、アベルもしんけんな表情《ひょうじょう》でうなずきます。

「うん！　ぼくもいっぱい修行《しゅぎょう》して、もっとリッパの力《ちから》になれるようにがんばるよ！」

「おうっ、たのんだぞ、相棒《あいぼう》！」

リッパがえがおでこたえると、そこでじいやがいいました。

「ぼっちゃま、食堂《しょくどう》でおいわいのパーティのじゅんびがととのっております。」

「おおっ、ナイスだぞじいや！　もちろんドーナツはやまもりだろうな！」

「あっ、まってリッパ！　食《た》べはじめるのは、おいわいのかんぱいをしてからだよ！」

船《ふね》のなかにとんでいくリッパを、アベルがあたふたとおいかけます。そのうしろに、にこにこ顔《がお》のじいやがつづき、それから船内《せんない》の食堂《しょくどう》で、にぎやかなパーティがはじまります。

太陽《たいよう》はちょうど、とおくの山《やま》にしずんだところです。ゆうべから空《そら》をおおっていた黒《くろ》い雲《くも》は、いまはもうどこにもなく、夜空《よぞら》にかがやくきんいろの月《つき》が、空《そら》とぶ船《ふね》のすすむ道《みち》を、しずかにやさしくてらしていました。

（おわり）

作　**如月かずさ**（きさらぎ かずさ）

1983年、群馬県生まれ。『サナギの見る夢』で講談社児童文学新人賞佳作、『ミステリアス・セブンス』でジュニア冒険小説大賞を受賞。作品に「怪盗王子チューリッパ！」シリーズ、「パペット探偵団」シリーズ、「なのだのノダちゃん」シリーズ、『カエルの歌姫』（日本児童文学者協会新人賞）などがある。

絵　**柴本翔**（しばもと しょう）

1987年、神奈川県生まれ。自主制作本『ひよこ産業製品カタログ』、『ヒトリゴトノシロ』で文化庁メディア芸術祭マンガ部門審査委員会推薦作品選出。作品に『ツノウサギ』『Pandemonium - 魔術師の村 -』「コマさん」シリーズ、「花の騎士ダキニ」がある。

この作品は毎日新聞大阪本社発行「読んであげて」の欄に掲載された「怪盗王子チューリッパ！　怪盗王の挑戦状」（如月かずさ・作　柴本翔・絵）をもとに、作者、画家が手を加えてまとめたものです。

怪盗王子チューリッパ！3
怪盗王の挑戦状
2017年10月　初版第1刷

作者＝如月かずさ
画家＝柴本翔

発行者＝今村正樹
発行所＝株式会社 偕成社　http://www.kaiseisha.co.jp/
〒162-8450 東京都新宿区市谷砂土原町 3-5
TEL 03（3260）3221（販売）　03（3260）3229（編集）
印刷所＝大日本印刷株式会社　小宮山印刷株式会社
製本所＝株式会社常川製本
NDC913 偕成社 142P. 22cm ISBN978-4-03-517630-5

本のご注文は電話、ファックス、またはEメールでお受けしています。
Tel: 03-3260-3221 Fax: 03-3260-3222 e-mail: sales @ kaiseisha.co.jp
乱丁本・落丁本はお取りかえいたします。

パペット探偵団《たんていだん》事件《じけん》ファイルシリーズ

如月かずさ 作 / 柴本翔 絵

①パペット探偵団におまかせ！

②パペット探偵団をよろしく！

③パペット探偵団のミラクルライブ！

④パペット探偵団となぞの新団員

小学生のシュンがであったのは、ドイルこと言問《ことどい》ルカとふしぎな力をもったパペットたちの探偵団《たんていだん》。その助手《じょしゅ》となったシュンは、なまいきなパペットたちにこきつかわれながら、街《まち》でおこる事件《じけん》の調査《ちょうさ》にかけまわる。

◆四六判ソフトカバー